「……学校はどうする気なんだ？　サッカー部は？」
「辞めるよ。停学処分
退学手続きをしよう
より一層、空気が冷え込んだような錯覚が起きた。
JN021819
灰原くんの強くて青春ニューゲーム
haibarakun no tsuyokute seisyun newgame

人生2周目な
無自覚ハイスペック
主人公
Natsuki
灰原 夏希
▶はいばら なつき
果たし状
自ら孤立する怜太を
取り戻す秘策——
それは、まさかの
果たし状!?
軽音部に所属する
音楽好きな
美織の友人
Serika
本堂 芹香
▶ほんどう せりか
夏希のことを
よく知る昔からの
幼馴染
Miori
本宮 美織
▶もとみや みおり

凛とした雰囲気の
美少女で陽花里の
幼馴染（保護者）
七瀬 唯乃
▶ななせ ゆいの
バスケが大好きな
元気で明るい
みんなのムードメーカー
佐倉 詩
▶さくら うた
バスケ部所属の
見た目も性格も
ややパワー系男子
凪浦 竜也
▶なぎうら たつや
学園内でも美少女
として多くに知られる
夏希の彼女
星宮 陽花里
▶ほしみや ひかり

「ほら、笑って笑って！」
カシャリ、と音が鳴った。
色とりどりのイルミネーションを背景に、
俺と陽花里は笑顔で写真に収められる。

# 灰原くんの
# 強くて青春ニューゲーム７

雨宮和希

HJ文庫
1169

口絵・本文イラスト　吟

contents

# ▼序章　居場所

いつまでそうしていたのか、よく覚えていない。
ただ、気づけば雨でずぶ濡《ぬ》れだった。
木々の隙間《すきま》から漏《も》れ出すように落ちてきた雫《しずく》が、ぽたぽたと体を叩《たた》く。
寒さで体が冷え切っていることに、ようやく気づいた。
体を動かす気力はない。でも、ここに座《すわ》り込《こ》んでいても仕方ない。
重い腰《こし》を上げて、立ち上がる。
歩き出した先は、夏希《なつき》が向かった方向とは逆。来た道を引き返していく。
……大丈夫《だいじょうぶ》。夏希なら美織《みおり》を見つけられるはずだ。不思議と、その確信があった。
僕《ぼく》が今更《いまさら》追いかけたところで意味はない。
何より、もはや僕には、美織と会う資格がない。
木々をかいくぐるように山の獣道《けものみち》を抜《ぬ》けると、広い道路に行き当たる。
こんなずぶ濡れの恰好《かっこう》では目立つだろうな。……でも、全部どうでもいいか。

……どこに行けばいい？

家にはもう帰れない。帰ったところで、さらに最悪な気分にさせられるだろう。

だからと言って、他に帰る場所もない。行き場がないから足が止まる。

この世界のどこにも、僕の居場所はない。

唯一《ゆいいつ》の居場所だと思っていたところは、こんな僕には相応《ふさわ》しくない。

僕は美織を傷つけた人間だ。自分のことしか考えていない最悪の人間だ。このままみんなと一緒《いっしょ》にいても、きっと今日みたいに、人間関係を崩壊《ほうかい》させるだけだろう。

立ち尽《つ》くしていると、ポケットに入れていたスマホが震《ふる》える。

ＲＩＮＥの通知だった。『夏希ファミリー』のグループチャットが動いている。

どうやら美織は無事らしい。

ちゃんと夏希が説得して、助け出したようだ。

よかった、と思う。

夏希ならそれができると信じていた。

そんな気持ちの裏側で、影《かげ》のように侵食《しんしょく》してくる気持ちがある。

どうして、そこにいるのが僕じゃないんだろう、と。

今更取り繕《つくろ》う必要もない。この黒い感情は嫉妬《しっと》以外の何物でもない。

僕は、美織と特別な信頼《しんらい》関係を築いている夏希を妬《ねた》んでいるんだ。

だから、夏希の後を追った。夏希を止めて、代わりに僕が行こうとした。

その考えの中に、美織の心配は含《ふく》まれていなかった。

『──お前、今、自分の話しかしてないぞ』

夏希が指摘《してき》した通り、僕は自分のことしか考えていない。

昔と何も変わっていない。僕の行動は常に僕のためで、他人は道具でしかない。そんな自分に嫌気《いやけ》が差して、考え方を変えたつもりだった。でも、本質は変わらないらしい。

……美織の無事を知ったみんなが、それぞれチャットを打っている。

『心配したんだから！』

『無事でよかった！』

『ほんとに安心したよ～』

『おかえりなさい』

そんな温かい言葉に対して、美織が『心配かけてごめんなさい』と返している。

僕もグループの一員として、何か言うべきだろう。

……だけど、僕が美織にかけていい言葉なんてあるのか？

チャットに打ち込む言葉すら見失って、濡れたスマホをポケットに仕舞《しま》う。

曇《くも》り空《ぞら》を仰《あお》いでいると、通行人のひとりが僕の前で止まった。

「……？」

見覚えのある顔だった。

涼鳴《りょうめい》の近所にある垣割《かきわり》高校の制服。学ランのボタンをすべて外しており、中に着ている赤色のシャツが覗《のぞ》いている。そんな派手な恰好で、竜也《たつや》を上回るほどの大柄《おおがら》な体格。染めた金の短髪《たんぱつ》に、強面《こわもて》の顔立ち。率直《そっちょく》に言って、不良のような外見をしている。

「……耕哉《こうや》」

久しぶりにその名前を呼ぶと、そいつは鼻を鳴らした。

昔の友達だ。一つ年上だが、敬語を使うような仲でもない。

今はもう、連絡《れんらく》を取らなくなって久しいけど。

「こんなところで会うとはな、怜太《れいた》。なぜそんなに腑《ふ》抜《ぬ》けた面をしている？」

「……君には関係ないだろう」

「答えるつもりはないか。まあいい。それよりも、ちょうどよかった」

「ちょうどよかった……？」

言葉の意図が分からず、眉《まゆ》をひそめる。

「お前、涼鳴に通っているだろう？　俺《おれ》の妹と同じ高校だ」

気安く名前で呼んではいるが、耕哉は一つ上の高校二年生だ。

そして耕哉の妹は、隣《となり》の一年一組に通っている。

「……それが、何だ？」

「妹に頼《たの》まれてな。人を捜《さが》している」

嫌《いや》な予感がした。

このタイミングで人を捜している時点で、答えは決まっているようなものだ。

耕哉はスマホを取り出すと、一枚の写真を見せてくる。

「お前と同じ高校、同じ学年のはずだ。行方《ゆくえ》不明らしい。心当たりはあるか？」

写っているのは、黒い髪《かみ》をポニーテールにした女の子。

当然、知っている。少なくとも、たいていの人間よりは深く。

それがたとえ嘘《うそ》で塗《ぬ》り固《かた》められた関係でも、付き合っていたことがあるのだから。

「知らないということはないだろう？　お前の顔の広さなら」

「……ああ、知っているよ。行方不明ってこともね」

「妹が心配していてな、仲間連中も総出で捜すのを手伝っている。どうも、この辺りで目《もく》撃《げき》証言があったようでな。……お前の腑抜けた面は、それと関係あるのか？」

「心配……？」

何を、馬鹿なことを言っている？

君の妹は人の心配をするような人間じゃない。僕と同じように。

「……なぜ答えない？　その様子だと、何か知っているな？」

美織の無事は知っている。居場所を教えようとは思わないが、無事を教えるぐらいであればやぶさかではない、が……耕哉を通じて、きっと妹に情報が渡《わた》されるのだろう。

そう考えると、急に答える気が失《う》せてくる。

「何を知っていたとしても、君に教えるつもりはないよ」

僕の答えを聞いて、耕哉は眉根《まゆね》を寄せた。

「……何だと？」

地の底に響《ひび》くような声音《こわね》を聞いて、怒《おこ》らせたことを悟《さと》った。

「どうしても聞きたければ、言わせてみればいい。昔と同じやり方で」

煽《あお》るような口調は、自分のものとは思えなかった。

耕哉と遭遇《そうぐう》したことで、一時期の荒《あ》れていた自分に引っ張られている。

……でも、構わない。もはや全部がどうでもいいのだから。何がどうなろうと知ったことではない。今はとにかく、このむしゃくしゃした感情をどこかに捨てたかった。

# ▼第一章　暴力事件

「——白鳥《しらとり》くんは暴力事件を起こしたので、一週間の停学になりました」

それは衝撃《しょうげき》の宣言だった。

「……は？」

しばらく言葉の意味が理解できなかった。

その言葉が怜太《れいた》のイメージとかけ離《はな》れていて、結びつかなかったから。

教室内が一気にざわめく。驚《おどろ》き、好奇心《こうきしん》、失望、心配……さまざまな感情が教室中を駆《か》け巡《めぐ》っている。一方で、隣の陽花里《ひかり》は目を見開いたまま呆然《ぼうぜん》としている。

俺もほとんど同じような状態だった。きっと詩《うた》や竜也《たつや》、七瀬《ななせ》も同じだろう。

「静かにしなさい。ホームルームを続けます」

担任教師は怒《いか》りを混ぜた強い声で宣言し、ざわめきを鎮《しず》める。

それでも、教室の雰囲気《ふんいき》は明らかに浮足立《うきあしだ》っている。

「ど、どういうこと、なのかな……？」

陽花里が小声で問いかけてきたけど、俺は首を横に振《ふ》る。

「……分からない」

まったく心当たりはない。いまだに、教師の言葉が信じられないぐらいには。

怜太は温厚《おんこう》な性格だ。人に暴力を振るうような奴《やつ》じゃない。怒っているところすら見たことがない。常に冷静で、理知的な行動を取る。それが俺の知る白鳥怜太だ。

そんな怜太が、暴力事件？

実際に停学処分を受けている以上、間違《まちが》いってことはないんだろうな。

でも、何か事情があるのは間違いない。

今ミンスタで広まっている動画も、怜太が本心であんな台詞《せりふ》を言うはずがない。

ふと脳裏《のうり》に蘇《よみがえ》るのは、美織《みおり》が行方不明になった日のことだ。

俺は山の中で、怜太に遭遇した。

『……美織が君を好きなのは知っている。君が美織を見つけたら、もう美織は君のことしか見えなくなる。それは、嫌だ……美織は、僕が助けなくちゃいけない！』

あの時の怜太は、確かに様子がおかしかった。

『仮初《かりそめ》でも、僕は美織の恋人《こいびと》だ。美織を見つけるのは、僕の役目だ……！』

普段《ふだん》の怜太なら、あんなことは言わない。

美織の生死すら分からない状況《じょうきょう》で、自分の都合を優先する真似《まね》はしない。

『――お前、今自分の話しかしてないぞ』

あの時の怜太は、何かに追い詰《つ》められているかのようだった。

いつもは誰《だれ》よりも広いはずの視野が狭《せば》まっていて、別人のようだった。

俺が冷たく言い放ったのは、それで気づいてくれると思ったからだ。それに、あの時は美織を見つけることが最優先だった。怜太に構っている余裕《よゆう》はなかった。

「……俺の、せいか」

あの時、怜太も普通《ふつう》の高校生なんだと気づいたのに、美織のことだけで頭がいっぱいになってしまっていた。美織を助けた後、怜太のことを気に掛《か》けるべきだった。

「……何があったんすか？」

挙手をして尋《たず》ねたのは竜也だった。

「すみませんが、私の口から詳細《しょうさい》は教えることはできません」

担任教師は首を横に振る。

「どうして？」

「そういう決まりだからです。友達として、気になるのは分かりますが」

担任教師は、暗に「知りたければ直接本人に聞け」と言っている。教師の立場でこれ以上言えることはないのだろう。その意図を理解したのか、竜也も口を噤《つぐ》んだ。

そして朝礼は終了《しゅうりょう》し、担任教師が教室を出る。

その瞬間《しゅんかん》、一斉《いっせい》に普段以上の喧騒《けんそう》が響き始める。

俺の席にいつもの面子《メンツ》が集まってくる。

竜也、詩、七瀬、元から隣の席の陽花里。みんな、表情が明るいとは言えない。

そんな俺たちにクラス中の注目が集まっている。正直、居心地《いごこち》が悪い。まあ普段から目立つグループではあるけど、今集まっている視線は、普段とは質が違《ちが》う。

「こっち見んな。昼飯の話でもしとけ」

竜也がしっしっと、犬を追い払《はら》うような仕草で周りを威圧《いあつ》し、少しだけマシになる。

やり方がパワー系すぎる。威圧だけで視線を散らすってバトル漫画《まんが》かよ。

「おい詩、怜太から返信あるか？」

竜也が詩に尋ねる。

朝礼が終わった直後、怜太にチャットを送っていたのだろう。

「……ううん。まだ既読《きどく》すらつかない」

詩は心配そうな表情で、ＲＩＮＥのチャット画面を見つめている。

「グループチャットに反応がないなとは思ってたけど……停学になってるなんて」

陽花里は怜太の席を見つめながら、そう呟《つぶや》く。

「……何があったのかしら？」

周囲のざわつきとは裏腹に、俺たちの間には沈黙《ちんもく》が落ちる。

まだ山野《やまの》から送られてきたミンスタ動画の件は、みんなに話していない。

しかし、一時間目の授業が始まるまで後三分しかない。

今その情報を共有しても、みんなの混乱が加速するだけだろう。

こんな状況だが、授業をサボるわけにもいかない。余計に悪目立ちしてしまう。

「昼休みに集合しよう。いったん情報を整理したい」

俺の言葉に、みんなは頷《うなず》いた。

……普段なら、こういう時は怜太がまとめてくれるんだけどな。

＊

普段とは違う雰囲気に包まれながら、午前中の授業を乗り切る。

元々まともに授業を聞いているわけじゃないが、今日はやけに時間が長く感じた。

ようやく訪《おとず》れた昼休みだが、今の俺たちが教室で集まると変に目立つだろう。みんなに

ＲＩＮＥを送り、集合場所を指定する。今回は食堂の隅《すみ》の席にしておいた。目的は情報共有だが、昼飯を食べる必要はあるからな。どんな状況でも腹ごしらえは必要だ。

食堂に向かいながらも、それとなく周りを観察する。

やはり普段とは違う視線は感じる。雰囲気も何となくざわついている。ただ、教室にいる時ほどじゃない。

……まあ仕方ない。一年生の教室が並ぶ廊下《ろうか》を抜けると、視線を感じなくなった。

その怜太と仲が良い俺にも注目が集まるのは、当然の流れではある。

学年の生徒が暴力事件で停学処分になったと聞いたら、多少は興味を持つだろう。

その怜太と仲が良い俺にも注目が集まるのは、当然の流れではある。

俺は券売機でチケットを購入《こうにゅう》し、食堂のおばちゃんから焼き鳥丼《どん》を受け取る。

ＲＩＮＥで指定した集合場所の席へと、先んじて座っておいた。

すると陽花里、詩、七瀬、竜也の順で、いつものみんなが集まってくる。

「後でミオリンとセリーも来るって」

俺の右隣《みぎどなり》の席に座った詩が、スマホを見ながら言う。

どうやらＲＩＮＥで隣のクラスの二人と連絡を取っているらしい。

「んじゃ、とりあえず飯食ってから話そうぜ」

竜也は不機嫌《ふきげん》そうな表情で言うと、大盛かつ丼を食べ始める。

今日は俺と竜也、詩が学食で、七瀬と陽花里は弁当を持ち込んでいた。

食堂には二、三年生が多い。そのせいか、あまり注目されている様子はない。

一年生の間では、中心人物である怜太の話題はかなり広まっているが、上の学年ではそうでもないのだろう。今日ずっと感じていた不快な視線がないのは助かる。

「……」

竜也の言う通り、食事を進めることに集中する。

誰も余計なことは喋《しゃべ》らない。こんなに味がしない食事は初めてだった。

俺が焼き鳥丼を食べ終えたタイミングで、食堂の入口に美織と芹香《せりか》が現れる。

「ミオリン、セリー、こっちだよ！」

詩が大きく手を挙げて、二人に俺たちの居場所を伝えた。

「みんな……」

美織は不安そうな表情のまま近づいてくる。

取り戻《もど》したと思ったはずの笑顔《えがお》が、再び失われていた。

その事実が悲しい。多分、美織は責任を感じているんだろうな。

「怜太くんの暴力事件って、本当なの？」

美織の問いかけに、みんなは顔を見合わせる。

しかし誰も答えない。つまりは誰も知らないってことだ。

「分からない……けど、多少は知っていることもある。だから、みんなを集めた」

俺の答えを聞いた芹香が「じゃあ」と言う。

「とりあえず情報共有から始めよっか」

こんな時でも淡々《たんたん》としている芹香が、今は頼もしい。

「まずはこの動画を見てほしい。もう知っている人もいると思うけど」

芹香はミンスタで広まっている動画をみんなに共有する。

その動画には、路地裏にたむろしているガラの悪い連中が映っている。怜太がその中のひとりとして交ざっていた。物陰《ものかげ》から隠《かく》し撮《ど》りをしているような感じだ。

この動画の件をどう切り出すか悩《なや》んでいたけど、芹香もすでに知っていたのか。

俺と同じタイミングで山野に教わったのかもしれない。

『怜太さん。最近彼女《かのじょ》さんとはどうなんすか？』

『別れたよ。元々、脅《おど》して付き合っていたようなものだからね。未練はないさ』

数秒程度の短い動画から、そんな会話だけが明確に聞こえてくる。

夜に撮《と》っているので薄暗《うすぐら》い動画だけど、映っているのが怜太なのは間違いない。

顔も、声も、背恰好も、雰囲気も、普段の怜太そのままだ。

ただ、発言だけが普段の怜太とかけ離れている。

「……何、これ？」

信じられないものを見たかのような表情で、詩が呟く。

「あいつがこんなことを思っているはずがねえ。何考えてやがる」

竜也は表情を歪《ゆが》めて、吐《は》き捨てるように呟いた。

俺も竜也に同意だ。美織が消えたあの日、俺は怜太と話している。

あの時の怜太は様子がおかしかったけど、その原因は美織への気持ちのはずだ。

怜太は、絶対に美織のことが好きだった。そもそも脅して付き合っていたなんて事実はないし、未練がないとも思えない。この動画の怜太は、明らかに嘘をついている。

「美織。これ、本当なの？」

芹香が美織に尋ねる。あまりにも直球すぎる問いかけでビビる。

この遠慮《えんりょ》のなさは流石《さすが》芹香って感じだ。まあ美織と一番仲が良いのは芹香だしな。

「……本当なわけ、ないでしょ」

無言で動画を何度も再生していた美織は、ゆっくりと首を横に振った。

「……私は私の意志で、怜太くんと付き合ってたよ。夏希《なつき》のことを好きなままでいいっていう条件付きの恋人関係だったけど……脅されたなんて、そんなわけない」

美織はそこで言葉を止める。何かを考え込むように。

「もしかしたら、怜太くんが……そういう条件付きの恋人関係を、脅したって表現してる可能性はある、かも。いくら何でも、露悪《ろあく》的な言い方だと思うけど……」

「今この動画がミンスタで広まって、怜太についての悪い噂《うわさ》が蔓延《まんえん》してる。暴力事件による停学のせいで信憑性《しんぴょうせい》も増してるから、この流れは止められないだろうな」

俺が現状を説明すると、みんなの表情が一段と暗くなる。

「随分《ずいぶん》とわざとらしい動画ね。白鳥くんのやりそうなことだわ」

ため息をつきながら呟いたのは、七瀬だった。

「七瀬……？」

「そもそも、こんな動画を撮られるなんて不自然すぎると思わない？　隠し撮りのような画角ではあるけれど……普通に考えて、これだけはっきりと声が聞こえる距離《きょり》で気づかないわけがないでしょう。それも、普段あれだけ周りが見えている白鳥くんが」

そう思うよな。俺も同意見だ。

「七瀬はこれが怜太の自作自演だって言いたいんだな？」

「私の目には、そうにしか見えないわ」

「で、でも、レイは何のために、わざわざそんなこと……」

詩はそこまで言ってから、はっとしたように口元を押《お》さえる。

「……考えられるとしたら、美織ちゃんの悪い噂を完全に払拭《ふっしょく》するため。誤解が解けてきたとはいえ、まだ悪い噂は流れていたけど……この動画を出すことで、怜太くんの悪い噂に上書きされた。美織ちゃんは怜太くんの被害者《ひがいしゃ》って認識《にんしき》に書き換《か》えてる……」

ぶつぶつと、自分の思考を整理するように陽花里が呟いている。

会話に参加しているというよりは、自分の世界に没頭《ぼっとう》していて、気づかぬうちに独り言になっているような感じだ。小説を書いている時のモードに近いと思う。

「なるほどな……」

陽花里の推理は、怜太の目的に説明がつく。現状、最も有力な説だな。

「そんな……」

美織は陽花里の推理を聞いて、絶句している。

「目的がそうだとしても、なんでレイはわざわざこんなやり方をしたのかな？」

詩がいまいち腑《ふ》に落ちていないような表情でみんなに問いかける。

つまりは動機の話だ。心当たりは……ある。

「……罪滅《つみほろ》ぼしのつもりか？　怜太」

知らず知らずのうちに、拳《こぶし》を握《にぎ》り締《し》めていた。

こんな自分を犠牲《ぎせい》にするようなやり方で、本当に美織を救えると思ったのか？

「落ち着け、夏希」

野太く低い声が、思考の海に潜《もぐ》っていた俺を現実に戻す。

「お前、何か他にも知ってるな？　話せ」

少しだけ躊躇《ためら》う。

あの日の怜太とのやり取りを、他人に話していいのか？

でも、こんな事態になっちゃったんだ。黙《だま》っているわけにもいかないよな。

「……美織を捜していた日、俺は怜太に会った」

雨の中、怜太と交《か》わしたやり取りを、洗いざらいみんなに説明する。

徐々《じょじょ》に美織の表情が曇っていくのが目に見えて分かった。

「その後、俺は美織を捜しに行った。正直、美織の心配ばかりで、怜太のことを気にしてはいなかった。無意識に、怜太は強い奴だから大丈夫だろうって思い込んでたんだ」

俺の説明が終わると、芹香がみんなに向かって問いを投げる。

「その後、怜太を見た人はいる？」

みんなが顔を見合わせる。しかし、誰も反応しなかった。

しん、と場が静まり返る。昼休みも後半に差し掛かり、食堂から人は減っていた。

……俺のせいだ。

俺がもっと、怜太のことを気にかけていたら、こんなことにはならなかった。

怜太からの連絡がまったくないことを、おかしいと思うべきだった。

あの後、怜太に連絡をしなかったのは、気遣《きづか》いのつもりだった。俺が何を言っても逆効果になるかもしれないと思ったからだ。でも、今はそれが裏目に出ている。

「……ただ、動画の件が自作自演だとしても、暴力事件は本当に起きているはずよ。だから停学になったのでしょうし。いったい何が起きたのかは、知りたいところね」

七瀬の言う通りだ。だが、暴力事件については何の情報もない。

こういう時は本人に直接聞ければ手っ取り早いが、それができれば苦労はしない。

「……やっぱり、出ねえな。あの野郎《やろう》」

ダメもとで怜太に電話をかけた竜也が、そう言いながら電話を切る。

グループチャットに何の反応もない時点で半ば分かってはいたが、やはり俺たちと連絡を取る気はないらしい。……もう俺たちとつるむ気はないってことなのか？

「……私の、せいだ。私が、怜太くんを振り回したから……」

美織が思い詰めたような表情で呟いている。芹香がそんな美織の肩《かた》を抱《だ》いた。

「気にしないで。美織のせいじゃない。てか、別に誰も悪くない」

芹香は美織を元気づけながらも、俺に視線をやる。

「夏希だって、怜太に強く言ったのは、自分が正しいと思ったからでしょ？」

「え？　あ、ああ……まあ、その時はそう思ったけど……」

「だったら、別に悔《く》やむ必要はないよ。私も、夏希が間違っているとは思わない。いま考えるべきは、どうやったら怜太を私たちのところに連れ戻せるか。そうでしょ？」

芹香は強引《ごういん》に話を単純化する。

でも、芹香の言う通りだ。くよくよしていても仕方がない。

「そのためにも、怜太くんに何があったのかを辿《たど》る必要があるね」

陽花里の言葉に、俺は頷く。

俺たちとの連絡を拒《こば》んでいる理由を知らなければ、連れ戻す方法も分からない。

「とりあえず各自、できる限り情報を集めよう」

俺がそう言ったタイミングで、昼休み終了の鐘《かね》が鳴った。

＊

午後の授業が始まった。

数学の村上先生が、淡々と黒板に数式を書き連ねていく。

俺は机の下でスマホを見ていた。正直、授業に集中できる気分ではない。

ミンスタで怜太の動画の投稿《とうこう》を改めて見る。

投稿主は匿名《とくめい》アカウントだ。プロフには涼鳴《りょうめい》の生徒という情報しかない。

涼鳴の生徒と思《おぼ》しきフォロワーが一定数いるし、投稿をきっかけに動画が広まっている以上、昔からちゃんと運用されているアカウントだと思う。でも、昔の投稿は削除《さくじょ》されているのか、見つからない。個人を特定できるような情報はないな。

仮に怜太の自作自演だとしたら、このアカウントの持ち主は協力者ってことになる。

そいつに話を聞ければいいと思ったんだけど……難しそうだな。

怜太は交友関係が広すぎる。だからこそ、こんな騒《さわ》ぎになっているんだけど。

「それにしても、白鳥くん大丈夫かなぁ？」

「心配するようなことじゃなくね？　だって暴力事件だぜ？」

「まあ詳細分かんねえけど、今のところ擁護《ようご》のしようがねえよな」

「あいつはそんな奴じゃねえと思うけどなぁ。普段あんなに優《やさ》しいんだぜ？」

授業間の休み時間は周囲の話に聞き耳を立てていたが、やはり怜太の話をしている者が多かった。普段《ふだん》怜太と接しているクラスメイトは、悪《あ》しざまに罵《ののし》るような真似をする者はいない。でも、別のクラスの生徒の会話を聞くと、やはり温度感が違う。

「なんか残念だねー、白鳥くん、かっこいいのに」

「暴力って、野蛮人《やばんじん》じゃん！　あはは！　てかサッカー部にも影響《えいきょう》あるんじゃない？」

「確かに。サッカー部かわいそー。ひとりの馬鹿に巻き込まれて」

「まあ私は最初からあいつ嫌《きら》いだったけどね。なんか胡散臭《うさんくさ》い顔してるし」

「本宮《もとみや》さんのことも殴《なぐ》って言うこと聞かせてたんでしょ？」

「うわ、ヤバすぎ。信じらんないわ～」

聞くに堪《た》えない悪質な嘘も交ざっていたが、俺が口を挟《はさ》んだところで逆効果だろう。

何にせよ、俺たちがすでに持っている以上の情報は得られなかった。

現状を整理する。こうも怜太の噂が蔓延しているのは、いくつかの要因がある。

一つ目は、当然ながら白鳥怜太という人物がこの学年のリーダー的存在であること。

二つ目は、以前から続いていた美織の噂から連なるものであること。

三つ目は、動画という怜太を悪として断罪するには十分な証拠《しょうこ》があること。

四つ目は、暴力事件による停学という明確な事実があること。

ここまで揃《そろ》えば、爆発的《ばくはつてき》に噂が広まるのも仕方がない。

美織の悪評なんて、それこそ一瞬《いっしゅん》で塗り替《か》えられただろう。

これが怜太の自作自演だとして、どこまでが怜太の意図通りなんだ？

まさか、暴力事件までわざと起こしたとは思えないけど……。

そんな風に考え込んでいると、隣席《りんせき》の陽花里に肩をつつかれる。

何だ？　顔を上げると、陽花里が何だか慌《あわ》てた様子で口をぱくぱくと開いている。

その瞬間、陽花里とは反対側から人の気配を感じたので、俺はとっさにスマホを机の下に隠す。間一髪《かんいっぱつ》、村上先生は何も気づかなかったように通り過ぎていった。

どうやら問題を解く時間で、生徒がちゃんとやっているか巡回《じゅんかい》中のようだ。

あ、危なかったぜ……。

ほっと息をつくと、陽花里が「何してんの」とでも言いたげなジト目を向けてくる。

俺以上に慌てさせてしまったようなので、申し訳ないとは思ってるよ……。

まあスマホが見つかって没収《ぼっしゅう》されても、三回までは許してもらえるからね、うちは。

四回以降はどうなるのかと言うと、強制的にスマホを解約させられるらしい。俺は一周目の授業中にスマホを二回没収されて脅されたから、よく知っている。ちなみにソシャゲの周回か、ウェブ小説を読んでいるかの二択《たく》だった。真面目に授業を受けろ。

＊

放課後。

「このままじゃ埒《らち》が明かねえし、直接怜太ん家を訪ねるぞ」

そう告げたのは竜也だ。そうなるよな。俺もそれしかないと思っていた。

「俺はいいけど、部活は？」

「気にするな。一日ぐらいなら休める」

すでにスタメンを勝ち取っている竜也の立ち位置では、その一日も大切なはずだ。

それほど怜太の異変を重要視しているんだろうな。

部活に向かう面々を送り出した後、教室を出る竜也に続いて歩き出す。

ふと思い出したように竜也が尋ねてくる。

「そういや、星宮《ほしみや》は放っておいていいのか？」

「今日は文芸部の活動があるから。それに、ここは俺たちだけの方がいいだろ」

「……まあ、そうだな。あんまり大人数で押しかけるもんじゃねえか」

昼休みに作成しておいた俺、竜也、陽花里、詩、七瀬、美織、芹香のグループチャットに、竜也と二人で怜太の家を訪ねてみる旨《むね》を記載《きさい》したが、今日は空いているはずの芹香や七瀬から『任せた』『よろしくね』と返ってきたのも、それを気にしているのだろう。

「……実のところ、少しだけ心当たりがある」

　怜太の家に向かう道中、無言だった竜也がふと口を開いた。

「心当たり？」

「お前の目には、あいつが自分を見失っているように見えたんだろ？」

「あ、ああ……てっきり、美織への気持ちが大きくなりすぎたんだと思ってたけど」

「それも間違いじゃねえんだろうが……あいつが精神的な余裕を失ってたのは別の理由かもしれねえ。……俺だけじゃなく、詩も何となく察してはいるんだろうけどよ」

　低い声で淡々と語る竜也は、複雑な感情を押し殺しているように見える。

「つまり、どういうことだ？」

「見た方が早い。多分、行けば分かる」

　俺の問いかけにそれだけ返して、竜也は再び黙ってしまった。

　鈍《にぶ》い俺でも流石《さすが》に分かる。行けば分かると言うのなら、原因は怜太の家にあるのだと。

「……ここだ」

　学校から二十分ほど歩いた先。住宅街の奥地《おくち》で、竜也は足を止めた。

　そこは四階建てのアパートで、かなり年季が入っているように見える。お世辞にも綺麗《きれい》とは言えない。ここに怜太が住んでいるのか。……正直、意外だとは思う。

二階に上がって最初に見えた玄関《げんかん》に、『白鳥』と書かれた札が掲《かか》げられている。

「……じゃあ、行くぞ」

竜也はチャイムを押す前に、深呼吸をする。

少し躊躇った末、竜也が意を決したようにチャイムを押した。

何だか竜也の様子がおかしい。緊張《きんちょう》しているのか？

中からがたがたと物音が聞こえてくる。それから、ばん、と勢いよく扉《とびら》が開いた。

「……何だ、お前ら？　宅配かと思ったじゃねえか」

姿を見せたのは、シミのある白シャツに短パンを穿《は》いた中年の男性だった。肥満気味の体格で、髪もぼさぼさ。無精《ぶしょう》ひげは整えている様子もなく、率直に言って小汚《こぎたな》い。

それに、思わず顔をしかめてしまうほど酒臭《さけくさ》い。よく見ると顔も赤らんでいる。今まさにお酒を飲んでいたところだったのだろう。

年齢的《ねんれいてき》には怜太の父親なんだろうが、正直そんな風には見えないな。

「……お久しぶりです。怜太の友達の凪浦《なぎうら》です」

でも竜也の態度を見るに、この男が怜太の父親で間違いないのだろう。

「ああ……？　そういや、見覚えはあるな」

俺たちの顔を見るなり、面倒臭《めんどうくさ》そうに頭をかいている。

その粗雑《そざつ》な態度と口調は、明らかに俺たちを歓迎《かんげい》していない。

「あのガキならいねえぞ。さっさと帰れ」

怜太の父親は耳をほじりながらそう言うと、無造作に扉を閉めようとする。

あのガキ……だって？　その呼び方も気になるが、今はそこじゃない。

停学中なのに、家にいないだと？

「ま、待ってください……！　それなら、どこにいるか知っていますか⁉」

その問いが気分を害したのか、おそろしい形相で俺を睨《にら》んでくる。

「俺が知るか！　いいからさっさと消えろ！　殴られたくねえのならな！」

近所に響き渡るような大声に、思わず委縮する。

何も言えなくなった俺に鼻を鳴らし、怜太の父親は今度こそ扉を閉めた。

「……変わってねえな。いや、酷《ひど》くなってるか？」

竜也が目を細める。見れば分かると言った意味がよく分かった。

俺の周囲にはいなかったタイプの大人だ。そのせいで余計に動揺《どうよう》してしまった。

「行くぞ。怜太はいねえみたいだし、用はなくなった」

竜也の背中に続き、玄関から離れる。

玄関が開いた時、少しだけ中の様子が見えたが、廊下にも物が溢《あふ》れていた。何本も酒瓶《さかびん》が転がっていて、服が散らかっている。まともな生活を送っているとは思えない。

「あの人が怜太の父親でいいんだよな？」

「ああ。血の繋《つな》がりもあるらしい。意外だろ？」

「まあ、な……」

怜太はむしろ恵《めぐ》まれた家庭で育てられていると思っていた。それは気品のある所作や節々から感じられた教養、誰にでも優しい性格から培《つちか》われた怜太のイメージだ。

「今の怜太は、あの父親を反面教師にして作られてるからな」

「……なるほど」

今思えば、怜太は日常会話で家族の話を出すことはなかった。

というか、そもそも怜太はあまり自分の話をしない。

誰よりも聞き上手で、いつも人の話を引き出しながら会話をしている。

だから、俺は自分で思っていたよりも怜太のことを知らない。

「暗くなるのが早くなってきたな」

竜也は怜太の家から少し歩いた先にある自販機《じはんき》の前で、足を止めた。

「あったかいもんでも飲むか」

空を仰ぐと、ちょうど太陽が山に隠れる寸前だった。

綺麗な橙色《だいだいいろ》に染め上げられている。

すでにかなり寒いが、日が落ちれば、より一層冷《ひ》え込《こ》むことだろう。

「もう冬だな、完全に。時が経《た》つのは早え」

竜也は白い息を吐きだしながら、ほっとれもんを購入する。

俺《おれ》はいつも通り缶《かん》コーヒーだが、いざ手に取ると缶が熱すぎる。

「あちち……」

俺が缶を冷まそうとお手玉している間も、竜也はシリアスな顔を継続《けいぞく》している。

「怜太の家庭環境《かんきょう》がどうなってたのか、想像はつくだろ」

「……母親はどうしたんだ？　兄弟姉妹《しまい》はいないんだっけ？」

「怜太は一人っ子だ。母親は蒸発したらしい。以前、怜太から聞いたことがある」

蒸発。その意味は分かるが、あまり現実味がない。ただ、あの男と一緒《いっしょ》に生活していたのなら、それは逃《に》げたくもなるだろうという気持ちはある。だとしたら、そもそもなぜ結《けっ》婚《こん》したのか、とも思うけど。……いや、別にそれは俺が気に掛けることじゃないな。

「全員に話すようなことでもねえと思ってな」

頷くことで竜也の気遣いを肯定《こうてい》する。それは正しい配慮《はいりょ》だろう。

「とにかく、家に帰ってねえことは分かった。となれば、怜太が追い込まれた原因のひとつに家の状況があったことは間違いねえだろ。あいつは高校に入ってから家のことは話に出さなくなったから、てっきり良くなっているのかと勘違《かんちが》いしてたが……あの親父《おやじ》は昔よりも酷くなってるしな。今思えば、最近のあいつは不安定だった気がする」

竜也は悔やむような表情で、そんな風に語る。

俺はお手玉で冷ました缶コーヒーのタブを起こす。

いつもと同じ銘柄《めいがら》のコーヒーが、今日はなぜか妙《みょう》に苦く感じる。

「……しかし、停学中に家にいないってのはまずいだろ」

「そりゃそうだ」

もし学校側にバレたら、停学期間の延長だけでは済まないかもしれない。

あの家にいたくないのだろうが、流石にリスクが大きすぎる。

もしかすると、怜太はもう学校のことなんて気にしていないのかもしれない。

だとしたら、事態の深刻さがさらに増してくる。

「今日は部活をサボったから時間はある。捜してみるか」

「怜太がいそうな場所に心当たりは？」

「あんまりねえな。どこにいてもおかしくはない奴だろ、あいつ」

……まあ、確かにな。

何か分かりやすい趣味《しゅみ》があるわけでもない。

とりあえず竜也に同行して、怜太の家周辺にある公園や商業施設《しせつ》をいくつか回ってみたものの……怜太は見つからない。何の手がかりもなしに見つけようってのは、流石に無理がありそうだ。そうこうしているうちに、外は真っ暗になってしまった。

「……仕方ねえ。今日は解散するか」

「そうだな」

こんな暗闇《くらやみ》では、もう捜すこともできない。

その時、着信音が鳴る。スマホを取り出すと、陽花里からだった。

俺たちが怜太の家を訪ねた結果が気になったのか？

「もしもし？」

『あ、夏希くん？　竜也くんもそこにいる？』

陽花里は矢継《やつ》ぎ早《ばや》に問いかけてくる。なぜか焦《あせ》っているような声音《こわね》だった。

「ああ。怜太の家を訪ねたけど、家にいなかったんだ。だから——」

『——い、いるよ、怜太くん』

陽花里は珍《めずら》しく俺の台詞に被《かぶ》せるように言う。

内容が衝撃的《しょうげきてき》すぎて、数秒ぐらい頭に入ってこなかった。

「な……何だって？　そこにいるのか？　怜太が」

陽花里の声は聞こえていないだろう竜也が「何⁉」と反応している。

そりゃ驚《おどろ》くに決まっている。俺たちが二時間以上捜しても見つからなかった男を、部活終わりの陽花里があっさり見つけたって言うんだから。

『う、うん……帰り道にたまたま見つけたから、こっそり後つけてる』

「後つけてる？　……何で？　見つけたんなら声かければいいんじゃないか？」

『そうしようと思ったんだけど、なんか怖《こわ》い人たちと一緒にいるから……』

こうも歯切れの悪い陽花里は珍しい。相当怖い外見の連中と一緒にいるのだろう。

そこまで考えてから、あのミンスタの動画が脳裏に過《よぎ》る。

「……その一緒にいる連中、あの動画に映っていた奴らとは違うのか？」

『そう言われると、確かに似てるかも？　暗いから、よくは見えないけど……』

「陽花里、今どこにいる？　俺たちも今からそっちに行く」

『う、うん。高崎駅の東口から出て少し歩いたところにいる。人気《ひとけ》のない方に向かってるから、これ以上尾行《びこう》するのは難しいかも……そろそろ気づかれそうで怖い』

「分かった。だったら、そこで止まっていい。というか俺たちがそっちに行くまで少し時間がかかるし、先に帰った方がいいと思う。陽花里の安全の方が大事だから」

もう夜も更《ふ》けている。人気のない方に向かっていると言うのなら、これ以上陽花里に後をつけさせるのは危険すぎる。怜太はともかく、周りの連中は信用できない。

『……夏希くんはどうするの？』

「竜也と一緒に追いかけてみるよ。方向だけ示しといてくれないか？」

「うん。不良っぽい人たちと一緒にいるから、気を付けてね」

陽花里からマップアプリの位置情報が送られてきた。

『この位置から線路沿いを歩いてる』とメッセージも添《そ》えられている。

俺たちが今いる場所からは少し遠い。電車を含《ふく》めて三十分はかかるだろう。

「どこにいるって？」

「高崎駅の近く。たまたま見かけたって」

「そうか。急ごうぜ」

電話の声から竜也も状況は理解しているのだろう。共に走り出す。

前橋駅に辿り着くと、両毛線に乗って高崎駅へと向かう。

夜も更けてきたので、電車内にあまり人はいない。竜也と並んで席に座《すわ》る。

焦る気持ちはあっても、電車が速く動いたりはしない。深呼吸して心を落ち着ける。

「……ガラの悪い連中とつるんでるんだろ？　あいつは」

「そうみたいだな」

陽花里から聞いた話をもとに頷くと、「やっぱりな」という呟きがあった。

「多分、俺と同じ中学の連中だ。割と規模のでけえ不良グループがあった。まとめて垣割《かきわり》高に進学したって話は聞いてたが……やっぱり、まだ同じ連中でつるんでんのか」

垣割高校。俺たちが通う涼鳴とは近所の高校だが、偏差値《へんさち》はかなり異なる。県内上位の涼鳴に対して、垣割は最下位を争うレベルだ。通っている生徒の雰囲気《ふんいき》も違う。

つまり不良が多い。だから涼鳴の生徒からは煙《けむ》たがられている。

「怜太はそいつらと仲良かったのか？」

あんまり想像はつかないけど……とは思いつつも、竜也に尋《たず》ねる。

「一時期はそれなりにな。でも、縁《えん》は切ったはずだった」

……縁は切ったはず、か。でも現実として、怜太は今そいつらと一緒にいる。

ごちゃごちゃ考えているうちに、電車が高崎駅に到着《とうちゃく》する。

とりあえず陽花里から共有された位置情報へと、ナビを使って向かう。

「あ、夏希くん。こっちだよ」

人気のない路地裏で、陽花里の声が聞こえてきた。

そっちに目をやると、陽花里が大きく手を振《ふ》りながら駆《か》け足《あし》で寄ってくる。

「陽花里⁉　帰った方がいいって言っただろ？」

「わ、分かってるけど……わたしだって、怜太くんが心配だから」

よく見ると、陽花里は心細そうに震《ふる》えている。

それでも怜太のことが心配で、ここに残っていたんだろう。

「……悪い」

「ううん。夏希くんがわたしを心配してくれてるのは、分かってるから」

とっさにきつい言葉が出たことを謝《あやま》ると、陽花里は首を横に振る。

「ここから線路沿いに歩いて行った先の高架下《こうかした》を溜《た》まり場《ば》にしてるみたいだよ」

怜太たちの居場所まで特定しているのか。助かるけど、無茶《むちゃ》をする。

陽花里が指さす方向に目をやるが、真っ暗で何も見えない。

「……笑い声がするな。行くぞ」

「た、竜也？」

「お前も聞こえただろ。あそこにいる」

いや、俺には何も聞こえないんだけど……。獣《けもの》並みの聴覚《ちょうかく》だな。

竜也についていくと、徐々に男の話し声や笑い声が大きくなっていく。

正直、あまり気は進まない。というか、いざ目の前にするとちょっと怖い。これまでの人生において、いわゆる不良と呼ばれる人種との接点はなかったから。

いや、まあ普通《ふつう》の人間とも、ほとんど接点なんかなかったんですけどね……。

陽花里は俺の後ろに隠れて、俺の袖《そで》を掴《つか》みながらついてきている。

「……陽花里」

「わたしも、行くよ。怜太くんは友達だから」

「……分かった」

やがて、灯《あか》りのついた高架下の広場でたむろしている集団のもとに辿り着く。

人数は十人ほど。年齢《ねんれい》はみんな俺たちと同じくらいだろう。

「……あ？　何だ、てめえら」

見た目だけで、思わず距離を取りたくなるような連中だ。

金髪《きんぱつ》に染めていたり、耳にピアスをつけていたり、派手な私服だったり、制服を着崩《きくず》していたり、ネックレスやチェーンをじゃらじゃらとつけていたり……どう見ても未成年のくせに、普通に煙草《たばこ》を吸っている者もいる。体に悪いからやめた方がいいぞ。

そして。

「……怜太」

そんな連中の真ん中で、怜太が柱に背を預けている。

ポケットに両手を仕舞《しま》っている怜太は、俺を見て僅《わず》かに目を細めた。

「あん？　怜太の知り合いかよ？　よく見りゃ涼鳴の制服着てんな、こいつら」

最初に睨みつけてきた金髪の男が、雰囲気を緩《ゆる》めて怜太に声をかける。

「変わんねえな、お前らは」

竜也がゆっくりと息を吐いて、呆《あき》れたように言った。

「ああ？　何の話だ……って、お前、凪浦か⁉」

金髪の男は竜也を見て、驚いたように叫《さけ》ぶ。

辺りが暗いから、近づくまで顔が分からなかったんだろう。

「何⁉」「マジかよ」「懐《なつ》かしいな」と、他の連中も驚いていた。だけど、一部は「誰《だれ》だそいつ？」と不思議そうに首をひねっている。こいつらは別の中学出身なんだろう。

「今更《いまさら》気づいたのか」

竜也は吐き捨てるような調子で言う。

それにしても、竜也の機嫌《きげん》が明らかに悪い。元から気分屋な傾向《けいこう》はあるけど、ここまで刺々《とげとげ》しい態度を見るのは、それこそ入学直後の騒動《そうどう》の時以来かもしれない。

「く、暗くてよく見えなかったんだよ……」

金髪の男が竜也に対して、狼狽《うろた》えたような雰囲気で言う。ちょっとビビっているように見えるが、過去に竜也と何かあったんだろうか。何にせよ竜也が頼《たの》もしくて助かる。

俺はまだ一言も喋《しゃべ》れていない。陰《いん》キャにとってヤンキーは天敵なので……。

でも陽花里が背後にいる状況《じょうきょう》で怯《おび》えた様子を見せるわけにもいかないので、せめて背筋を伸《の》ばして立っていることにする。もし何かあっても、陽花里は俺が守るからな！

真面目な話、日々の筋トレで鍛《きた》えまくっている今の俺は、仮に喧嘩《けんか》になってもそれなりに強いはずだ。もともと体格も良いし。まあ、喧嘩センスはないと思うけど……。

「……凪浦か。久しぶりだな」

俺たちから見て最奥《さいおう》の木箱に座っていた大男が、野太い声を出す。

黒の短髪《たんぱつ》に目つきの悪い顔立ち。鋼のような筋肉が服の上からでも窺《うかが》える。

ボスっぽい雰囲気がすごい。そして、あの筋肉は間違《まちが》いなく今の俺を超《こ》えている。

「長谷川先輩《はせがわせんぱい》」

竜也は、その男のことを先輩と呼んだ。

「なんで今更、怜太と一緒に？」

「……その問いは俺ではなく、白鳥に直接聞くべきだろう」

男の答えを聞いて、竜也の視線はスライドして怜太に向けられる。

「それもそうだな……怜太。お前、何やってんだ？　こんな連中と一緒に」

ぎろり、と竜也が怜太を睨みつける。「こ、こんな連中……？」と金髪の男が自分を指差しながら苦笑いしている。なんか、ちょっと不憫《ふびん》だ。悪い奴《やつ》ではなさそう。

「見ての通り、中学時代の友達と一緒に遊んでるんだよ。何か問題があるかい？」

怜太は能面のような無表情のまま、そう答えた。

その雰囲気は、明らかに今まで通りではない。俺たちを拒絶《きょぜつ》している。

「……まあ、いい。そうだとして、なぜ俺たちに返信をしねえ？　電話も出ねえし」

「ああ、ごめん。気づかなかったよ」

飄々《ひょうひょう》と、怜太はそう言ってのける。一発で嘘《うそ》だと分かるような台詞《せりふ》を。

「お前……っ！」

思わず身を乗り出そうとする竜也。

「……お、やんのか？」

怜太の前に立っていた不良の男が、それを見て拳をパキパキと鳴らした。

この流れはまずい。とっさに竜也の肩を掴む。

「落ち着け。俺たちは喧嘩をしに来たわけじゃない」

「これが落ち着いていられるかよ……⁉　こいつが何を言ったか分かってんのか⁉」

「いいから、落ち着け。ここには陽花里もいる」

怒鳴《どな》る竜也はそれで少し冷静になったのか、黙り込む。

……やっぱり陽花里は帰した方がよかったかな。本人の意思を尊重したけど。

一触即発《いっしょくそくはつ》というほどでもないが、険悪な雰囲気だ。ここは俺が話した方がいいな。

「怜太。あの日、俺と別れた後……いったい何があった？」

場が凍《こお》ったかのように冷たい沈黙《ちんもく》があった。

何秒か何十秒か分からないが、やがて怜太は口を開く。

「ごめん……君たちに話すようなことはない」

やっぱり、何も教えてくれないのか。

「まさか……停学が明けても、学校に来ないつもりじゃないだろうな？」

俺の問いかけに対して、怜太は何も返さなかった。その沈黙が答えを示している。

「怜太くん……あんな動画まで広めて、何が目的なの？」

俺の後ろに隠《かく》れていた陽花里が、意を決したような表情で尋ねる。

「……何の話かな？」

「とぼけなくていいよ。あれが怜太くんの本心じゃないことはみんな分かってる」

確信しているような陽花里の言葉に対して、怜太は押し黙る。

「何だよ、バレてんじゃねえか」

と、金髪の男が気の抜《ぬ》けたような声を出した。

「俊哉《としや》。黙っていてくれないか？」

怜太に睨みつけられた金髪の男は「わ、悪い……」と、怯えたように言う。

今の反応で、あの動画が怜太の自作自演であることは確定した。

よく見たら、この金髪の男だな。あの動画に怜太と一緒に映っていたのは。

「……自分を犠牲にして、美織ちゃんを助けたつもり？」

そう尋ねる陽花里の表情は真剣《しんけん》だ。怜太に対して、明らかに怒《おこ》っている。

だけど、俺の袖を掴む手は、今も変わらず震えている。その怯えを隠している。

「……僕《ぼく》の勝手な行動で美織を傷つけたからね。せめてもの罪滅ぼしだよ」

怜太は陽花里から視線を逸《そ》らした。

「お前が犠牲になれば、美織が喜ぶとでも？」

「少なくとも、自分の悪評がこのまま残り続けるよりはマシだろう。美織はこの後も学校に通い続けるんだから。それが僕の悪評に上書きされても、僕にはもう関係ない」

「もう学校に通う気がないから、か？」

「……そうだよ。今後、もう君たちと会うこともないだろう」

この世すべてを諦《あきら》めているような暗い怜太の瞳《ひとみ》に、思わず気圧《けお》される。

「……教えてくれよ。なんで、そんな思考に至ったのかを」

俺に続いて、竜也も怜太に尋ねる。

「つーか、何があった？　暴力事件ってのはどういうことだ？」

「どういうことも何も、そのままだよ。人と殴り合って、警察に捕《つか》まっただけさ」

怜太はずっと無表情だ。普段《ふだん》の柔和《にゅうわ》な笑《え》みはまったく見せない。

「そうなった理由を聞いてんだよ！」

「さっきから言ってる通り、君たちに話すようなことはない」

「テメェ……あんまりふざけてるようなら、強引にでも連れ帰るぜ？」

竜也は俺の制止を振り切って、前に足を踏《ふ》み出す。

しかし竜也の前に、大男が立ち塞《ふさ》がる。

「……凪浦。仲間に手を出すつもりなら、俺が相手になろう」

二メートルを超す身長から放たれる圧力を前に、さしもの竜也も一歩引く。さっきまでは木箱の上に座っていたから分からなかったが、今はより一層大きく感じる。

「仲間、だと？　……一度は縁を切ったくせによ」

「縁を切ったつもりはない。どんな道を進んでも、仲間はずっと仲間だ」

煽《あお》るような竜也に対して、長谷川先輩と呼ばれた大男は落ち着き払《はら》っている。

自信に満ちた雰囲気で、竜也を見下ろしている。

「悪いけど、帰ってくれないか」

一触即発の雰囲気の中、怜太が氷のように冷たい声音で告げる。

「……僕はもう、君たちのところには戻《もど》れない。僕に、そんな資格はない」

取り付く島もない、とはこのことだった。

ここまで完全に拒まれると、上手《うま》く言葉も出てこない。

「それじゃあ——さよなら」

怜太たちは立ち尽《つ》くす俺たちを放ったまま、また別の場所へと歩き去っていく。

別れの言葉は、もう会わないという意思表示だろう。

「クソッタレが……」

竜也は怒《いか》りを堪えるように、拳《こぶし》を握《にぎ》り締《し》めている。

結果論だが、陽花里がいてくれてよかった。

陽花里がいなかったら竜也の我慢《がまん》が利《き》かず、殴り合いになっていたかもしれない。

俺たちまで停学処分になるのは勘弁《かんべん》願いたいからな。

「あの様子だと、戻ってきそうにないね」

陽花里は複雑そうな表情で、怜太が去った先を見つめている。

「どうしちまったんだよ、あいつ。いきなりすぎて、何も分かんねえよ……」

「……どうするのが正解なんだろうな……」

正直、途方《とほう》に暮れている。

何か作戦を考えないといけないな。

その日は怒る竜也を宥《なだ》めてから、大人しく家に帰ることにした。

＊

翌日は土曜日。休日だった。

今日はバイトもバンド活動もない。完全オフだ。

目を覚ますと、部屋の中が冷え切っている。毛布から抜け出すのが難しい。こういう時は暖房《だんぼう》をつけて部屋を暖めないと毛布から抜け出せない。

幸いにも今日は休日なので、それが許されるだけの時間がある。

なお、平日の朝はガチガチ震えながら抜け出している。遅刻《ちこく》したら嫌《いや》だし。

来週はまた一段と気温が下がるらしい。今からおそろしいぜ……。

寒いのは苦手なんだよなぁ。暑いのは割と得意なんだけど。冬より夏の方が好き。母さんはこの話をすると、「きっと私が夏希と名付けたからだね」とドヤ顔で言う。

いつまでも毛布にくるまっていたい衝動《しょうどう》に駆られるが、部屋も暖まってきたし、覚悟《かくご》を決めて毛布を剥《は》がす。日課のトレーニングを怠《おこた》るわけにもいかないからな。一日でもサボれば、理想の肉体が遠のいてしまう。筋肉は毎日コツコツ育てるのが大事なのだ。

腕立《うでた》て伏《ふ》せ、腹筋、スクワットをこなしてから、家の周囲でランニング。程《ほど》よく汗《あせ》を流したところでシャワーを浴びて一息。コーヒーを淹《い》れて部屋に戻ると、ベッドの上に放り投げていたスマホの画面が光っている。それは美織からのＲＩＮＥの通知だった。


美織『昨日、どうだった？』


そんなチャットが来ていたので、返答に悩《なや》む。

どう説明するべきか。下手な答えは美織を傷つける可能性もある。困ったな。

半ば現実逃避《とうひ》で日課をこなしていたので、いきなり現実に引き戻された気分だぜ。

どんよりした気分に包まれていると、美織から電話がかかってくる。

「……あい、どうも」

『おはよ。……既読《きどく》つけたんなら返信してよ』

「なんて返信しようか考えてたんだよ。どう説明するか難しくて」

『そうだと思ったから、電話した。どうせ暇《ひま》でしょ？』

「誰が暇だ誰が。俺には筋トレがある。そういうお前は部活じゃないのか？」

『今日は午後から。午前中は男バスとバド部がコート使ってる』

美織はそこで言葉を切り、ため息をつく。

『怜太くんがこんな状況なのに、当事者の私が呑気《のんき》に部活やってていいのかなって気もするけどさ……みんなに迷惑《めいわく》かけちゃったから、これ以上は休めないし』

確かに、美織は一週間近く部活を休んでいたはずだ。しかも、そのうち一日は無断どころか、行方《ゆくえ》不明にもなっている。部活のメンバーにも相当心配をかけただろう。

「……大丈夫《だいじょうぶ》か？」

ようやく立ち直ったと思ったら、立て続けに今の状況だ。美織のことだから自分のせいだと思っているに違《ちが》いない。美織の心労は、相当なものだろう。

『私はもう大丈夫だよ。心配しないで』

俺に心配をかけないように、と意識していることが分かる口調だった。

美織の強がりを、いつも俺は見抜《みぬ》いてしまう。だけど、気づかないふりをする。

『それで、昨日はどうなったの？』

美織は急《せ》かすように尋ねてくる。

こんなに落ち着きのない美織は珍しい。

「……というか、美織から怜太に連絡《れんらく》は取ったのか？」

『何回もチャットしたし、電話もしたけど、出てくれないよ』

美織からの連絡にも反応しないってことは、完全に覚悟が決まっている。

あの『さよなら』は、俺たち全員に告げた言葉ってことか。

「結論から言えば、怜太は見つかった。垣割高の不良グループと一緒にいた」

とりあえず昨日の怜太とのやり取りを説明する。

俺の説明が終わっても、美織はしばらく黙《だま》り込んでいた。

『やっぱり、私のせいだ……』

やがて美織は絞《しぼ》り出したような声で、そう呟《つぶや》く。

『……私が、怜太くんを振り回した末に、振ったから。傷ついてるはずなのに、自分のことだけで精一杯《せいいっぱい》になって、怜太くんのことを、気にかけてあげられなかった……』

自責の念に駆られている美織に、俺は言う。

「……俺のせいだろ。そんな状態のあいつと喧嘩して、追い込んだのは俺だ」

あの時の俺は美織のことばかり気にしていて、頭が回っていなかった。結局、俺は昔から何も変わっていない。周りが見えていないから、こうやって友達を傷つける。

『その喧嘩の原因を作ったのは、私だから』

しかし、美織は否定する。あくまで自分のせいだと言い張る。

「……少なくとも、怜太はそう思ってないだろうよ」

むしろ逆だ。怜太も、美織に対して負い目を感じているんだろう。美織の悪評の根本的な原因が、自分にあると思っている。

「あいつは罪滅《つみほろ》ぼしだと言っていた。だから、こんなやり方をしたんだ」

『罪滅ぼし……』

それ以外にも、まだ分からないことはいくつかある。

『私、怜太くんと直接話したい。怜太くんに、きちんと謝りたい』

このままお別れなんて嫌だと、美織は言う。その声は嗚咽《おえつ》交じりになっていた。

『……怜太くんは、もう、それを望んでないのかもしれないけど』

何だか、心にぽっかりと穴が空いたような感覚だ。

今までだって、周囲の人間関係が崩《くず》れそうになったことはある。

それでも今みたいな感覚がなかったのは、きっと怜太が傍《そば》にいてくれたからだ。

怜太が縁の下で支えてくれたから、俺の行動が解決に繋がったように思う。

馬鹿やってる俺たちを、一歩引いた立ち位置で見守ってくれていた怜太が、最も精神的に成熟しているように見えた怜太が……俺たちから離《はな》れていってしまうなんて、想像したこともなかった。——白鳥怜太という人間は、ずっと灰原《はいばら》夏希の『理想』だった。

でも、それは俺が勝手に押《お》し付けていたイメージに過ぎなかった。

俺は本当の白鳥怜太を知らない。それを、ここ数日で思い知らされている。

『……』

「……」

無言の時間が続く。

持っている情報はすべて共有した。現状を打破できる策を思いつかない以上、何も話すことはない。当然、本題と無関係の雑談をするような雰囲気でもない。

『……ありがとね。じゃあ、部活の準備するから』

十数分の沈黙の末、そんな言葉を最後に電話が切れた。

気づいたら、せっかく淹れたコーヒーが完全に冷め切っていた。仕方ないので温《ぬる》いコーヒーで渇《かわ》いた喉《のど》を潤《うるお》しながら、ごちゃついている思考を整理する。

現状において、俺の目的は怜太を俺たちのところに連れ戻すことだ。

そのためには、怜太が俺たちから離れた理由を知り、それを解決する必要がある。

本当に好きだった恋人《こいびと》と別れ、友達とトラブルを起こし、家にも居場所がないなんて状況じゃ精神的に厳しいのは間違いない。その上、詳細《しょうさい》はわからないけど暴力事件も起こしている。……怜太の性格上、自分を責めているのだろうとは想像できる。

「それにしても……」

怜太はこのまま学校に通わず、あの不良連中と生きていくつもりなんだろうか？

……だとしたら、あまりにも自棄《やけ》になっている。

学校の友達も、サッカー部の仲間も、将来も、すべて捨てるつもりなのか？

そういう常識的な思考ができないほど追い詰《つ》められているのか？

「……どうしてだ？　怜太。教えてくれなきゃ、頼《たよ》ってくれなきゃ、分かんねえよ」

ぽつりとした呟きが空気に溶《と》けるように消えていく。

堂々《どうどう》巡《めぐ》りの思考だ。

昨日の雰囲気だと、時間が解決するようなことでもないだろう。

そんな風に思考を整理しながら天井《てんじょう》を見つめていると、スマホの通知音が鳴る。

竜也からのＲＩＮＥだった。

竜也『夜、空いてるか？　怜太の件で話がしたい』

夏希『空いてるよ。大丈夫』

今日は陽花里と遊ぶ予定もない。

遊びに誘《さそ》うような雰囲気でもなかった。

竜也『正確な時間と場所は後で送る。詩も一緒だ』

おそらく部活の休憩《きゆうけい》時間だったのだろう。端的《たんてき》な竜也のチャットに『ＯＫ』を意味するスタンプを返しても、その後は既読がつかなくなる。

やることはないが、落ち着かない。何となく怜太とのチャット画面を開く。停学の件を知った直後に送ったチャットは、いまだに既読すらついていなかった。

＊

気分を紛《まぎ》らわすようにギターの練習をしていると、やがて夜になる。

あまり集中できなかったせいか、良い演奏とは言えなかったけど仕方がない。

時計を見ると、約束の一時間前だ。そろそろ家を出た方がいいだろう。

玄関《げんかん》を開けると、すでに空は真っ暗だった。冷たい風が肌《はだ》を撫《な》でる。今日も冷え込んでいるが、コートを着てマフラーを巻いた完全防備態勢だ。何なら上下ともにヒートテックを着ているので、ちょっと暑いまである。やりすぎたかもしれねえ……。

無駄《むだ》に汗を流しながら電車に乗り、前橋駅に辿《たど》り着く。

指定されたファミレスに入ると、すでに竜也と詩が俺を待っていた。

「ナツ、こっちだよ」

テーブルを挟《はさ》んで対面に座っている詩と竜也。

ちょっと考えてから、竜也側に座る。

いや、体の大きさ的に考えると詩側に座った方が広いんだけど、竜也側に座っておいた方が無難かな……みたいな。最近はこういう微妙《びみょう》な気遣《きづか》いが増えた。

竜也がお店の注文用タブレットを渡《わた》してくる。

「とりあえず飯でも食いながら話そうぜ。俺たちはもう頼んだから」

チーズハンバーグのライスセットを選んで注文する。あまりジュースを飲むタイプでもないが、一応ドリンクバーも頼んでおこう。ファミレスに長居する時の免罪符《めんざいふ》みたいなところあるからな。まあ長居すると決まっているわけじゃないんだけど、一応ね。

「それで、話って？」

「聞きたいことがたくさんあるだろうと思ってな」

「……そうだな。俺は自分で思っていたより、怜太のことを何も知らない」

ここに来るまでの間、思考を整理していた。

思い知ったのは、俺は白鳥怜太という人間をよく知らないということ。

怜太と同じ中学出身の二人しか知らないであろうことを、今のうちに聞いておきたい。

昨日怜太が去った後は、もう夜遅《よるおそ》いこともあり、詳《くわ》しい事情は聞けなかった。

竜也もそれを理解していたから、今日改めて場を設けてくれたのだろう。

「……みんなには話したことないと思うけど、レイは一時期、荒《あ》れてたんだよね」

詩がメロンソーダをストローでくるくるとかき混ぜながら、話し始める。

「中学二年から三年ぐらいの時かな。急に不登校気味になって、学校でも有名な不良グループとつるむようになって、みんな怖がって、距離《きより》を置いちゃった」

「……それが昨日会った連中ってことか？」

詩の話を聞いて、竜也に確認《かくにん》を取る。

「ああ。三人ぐらい知らない奴もいたが、大半は元水見《みずみ》中の不良グループだ」

昨日の連中のことを思い返す。

涼鳴にもなんちゃって不良みたいな連中はいるが、所詮《しょせん》は進学校の落ちこぼれでしかない連中と、悪名高い垣割高の不良では、気合の入り方が違うように思える。

正直、普通にめっちゃ怖かったからな。竜也がいなかったら逃《に》げ出したまである。

そんな連中と怜太が一緒《いっしょ》にいるなんて、あの光景を見た今でも信じがたい。

俺《おれ》が持っている怜太のイメージとはかけ離れているから。

「あいつは誰とでも仲の良い奴だったからな。不良グループと、そいつらを怖がってる一《いっ》般《ぱん》生徒の窓口役にもなってた。それでも一定の距離は保ってたし、あの怜太が不良グループとつるむようになるなんて、その時は誰も思ってなかった……俺も含めてな」

信じがたいと思っている俺の思考を見透《みす》かしたように、竜也は言う。

「その時は、何が起きたんだ？」

「家の事情って聞いたことがある。母親が逃げて、父親は荒れて、金銭的にサッカーを続けるのも難しくなって……みたいな状況で、精神的に追い込《こ》まれてたとか」

後で聞いた話だけどな、と竜也は付け加える。

……重い話だ。何か口を挟むことも躊躇《ためら》われるほどに。

想像はできる。その境遇《きょうぐう》の恐《おそ》ろしさを。しかし、灰色の青春でも家庭環境《かんきょう》には恵《めぐ》まれていた俺に、怜太の気持ちを本当の意味で理解することはできないだろうと思う。

「レイはその時、人が変わったみたいに笑わなくなってたよね」

昔を思い返すように、詩はどこか遠くを見つめる。

「……昨日の怜太もそうだった。冷たい顔で、俺たちを拒絶するだけだった」

「だったら……その時の怜太が元に戻った理由は何だ？」

俺は尋ねる。それが分かれば、何か取《と》っ掛《か》かりが掴めるかもしれない。

「……分からねえんだ。急に、ふっ切れたように元に戻って、不良グループとの付き合いも断《た》ち切った。家庭の事情もあるんだろうし、俺たちも深くは触《ふ》れなかった」

しかし、竜也はそう言ってため息をつく。

「唯一《ゆいいつ》怜太から話してくれたのが、さっき言ったことだけだ」

「……なるほど、な」

いくら仲が良くても、ラインはある。家庭の事情には踏み込みにくい。

どうやら竜也にもちゃんとデリカシーというものがあるらしい。

「……なんか失礼なこと考えてねえか？」

じろりと竜也が俺を見る。な、なぜ分かった……!?

ひゅーひゅーと口笛を吹《ふ》いて誤魔化《ごまか》している俺に構わず、詩が呟く。

「元のレイに戻ってくれるんだったら、あたしたちはそれでよかったからね」

それから怜太が荒れていた時期のことは、黒歴史扱《あつか》いで誰も触れなくなったらしい。

まあ怜太の家庭事情を少しでも聞いていたら、確かに触れにくいだろうな。

そもそも、と竜也は言葉を続ける。

「あいつは元から秘密主義者だからな。人の話はよく聞くが、自分のことは話さねえ」

「あー、確かにレイってそういうところあるよね……」

共感したように詩が何度も頷《うなず》く。

「今だってそうだ。相談してくれねえから、何が起きたのかも分からねえ。それじゃ何のための友達なんだよ。それとも、あいつにとって俺たちはどうでもいいのか？」

怒る竜也の言う通りだと思った。

困った時に助けを求めない関係性を、本当の友達とは言えないだろう。

もしかすると怜太にとっては、今一緒にいる連中が本当の友達なのかもしれない。

俺たちと一緒にいた理由は、ただ同じクラスだったからってだけなのかもしれない。

「……もし、そうだとしたら、悲しいな」

ぽつりと詩が呟く。

俺は怜太のことが好きだ。

怜太と一緒に遊ぶことが楽しかった。

ただ何となく一緒にいる時、居心地《いごこち》がよかった。

くだらないことを言い合っているだけの日常でも、世界が虹色《にじいろ》に見えた。

俺にとって、怜太は大切な友達だ。その想《おも》いは、拒絶された今でも変わっていない。

「……でも、タツも結構、人に相談しないとこあると思うけどね」

「うっ……」

ジト目で言う詩に、竜也はダメージを受けたように胸を押さえた。

まあ思い当たる節はいくつかある。こいつもひとりで思い悩むタイプだよな。

*

夕食が到着したので、いったん腹ごしらえを済ませる。

食べ終えて一息ついたところで、俺は昨日から気になっていたことを尋ねる。

「竜也。昨日、長谷川先輩って呼んでたよな？」

「ん？　一個上の先輩だ。水見中の時から、長谷川先輩が連中の頭《かしら》だった」

「……それって隣《となり》のクラスの長谷川と関係があったりするの？」

竜也と詩は顔を見合わせてから「兄貴だな」「お兄ちゃんだよ」と口々に言う。

……苗字《みょうじ》が同じだから、もしかしたらとは思っていたが、なるほど。

竜也は俺の質問の意図が掴めないのか、首をひねっている。

「それがどうかしたのか？」

「いや、美織の噂《うわさ》の件は長谷川が関わってたからな。何か関係があるかと思って」

「……確かに、な」

竜也がコーラを口に含《ふく》んでから、納得《なっとく》したように言う。

「あの子も、しばらく体調不良で休んでるんだよね。ミオリンの噂を誇張《こちょう》してたのがバレてから評判が悪くなってたし、精神的に追い込まれてるのかもしれないけど……」

詩が心配そうな表情で言う。

そうだったのか。他のクラスの状況には疎《うと》いんだよな。

長谷川は、美織の悪評を広めた人間だが、同情できる部分もある。

その噂の核《かく》となる部分は事実だったからだ。

「あたし連絡先《れんらくさき》知ってるし、ちょっと聞いてみるよ」

詩が鞄《かばん》からスマホを取り出し、画面を操作しながら言う。

「お前、長谷川と仲良かったっけ？」

竜也の問いに対して、詩は苦笑《くしょう》する。

「ううん、あんまり……ミオリンと仲良くない時点で、ね」

それでも連絡を取っているのは、やはり怜太に戻ってきてほしいからだろう。

「聞き方が難しい……問い詰めるみたいになっちゃってもアレだし……」

詩は険しい顔でぶつぶつ言いながら画面を操作している。

「まあ兄貴と怜太が一緒にいるって状況は把握《はあく》してるかもしれねえな」

「だとしたら、怜太の居場所も分かるかもしれない」

竜也と俺がそんな会話をしていると、「えっ⁉」と驚《おどろ》きの声が聞こえてくる。

詩がスマホの画面を見ながら、目を見張っていた。

「もうチャットが返ってきた……『話したいことがある』って」

もしかしたら何か知っているかもって程度の期待だったが、意外な展開だ。

「言い方的にＲＩＮＥじゃなくて、直接会って話したいってことか？」

「多分……」と、不思議そうに詩は頷く。

「長谷川から俺たちに話したいことって、何だ？」

竜也が腕《うで》を組んで唸《うな》っているが、いくら悩んでも答えは出ないだろう。

まあ少しでも情報が欲《ほ》しいのが現状だ。断る理由はない。

とりあえず長谷川と明日会うことにして、集合時間と場所を決定する。

「悪いが、俺は明日練習試合で抜けられねえ。お前らに任せるわ。つか、あいつもあんまり大人数で話してえわけでもねえだろ。仲良くもねえ俺はいない方がいい」

「あたしだって、別に仲良いわけじゃないんだけど……」

「その理屈《りくつ》で言ったら、俺はそもそも話したことないんだが……」

微妙な表情で言葉を交《か》わし合う俺たち。

情報は欲しいけど、気まずいのが分かりきっているからな……。

「実際、俺はいない方がいい。『話したいことがある』ってのは詩に対する言葉だ。同じ中学の竜也ならともかく、話したことすらない俺がいたら長谷川も嫌がるだろ」

「もうナツと一緒に行くって連絡しちゃった」

「何で⁉」

「『分かった』だって」

「長谷川も納得するなよ！」

「いや、ほら、三人の方が気まずくないかなって……」

あはは、と笑って誤魔化す詩。

詩がここまで乗り気じゃないってことは、本当に微妙な仲なんだろうな……。

そんなわけで、俺と詩の二人で、長谷川と会うことになった。

## ▼間章一

幼い頃《ころ》は、恵まれていた。

父は経営者で、立ち上げた会社は順調に成長し、それなりに成功していた。家には十分な蓄《たくわ》えがあった。僕はそんな裕福《ゆうふく》な家庭で、専業主婦の母に育てられた。

お金に余裕《よゆう》がある父は精神的に安定しており、母とも仲が良かった。忙《いそが》しいのか、平日は夜中まで帰ってこないけど、土日は僕をいろんなところに連れて行ってくれた。

父は優《やさ》しかった。いつも親しみやすい柔和な笑みを浮《う》かべていて、それでいて堂々とした態度には自信が溢《あふ》れており、多くの人に慕《した》われていた。あの頃は、目に力があった。

僕は、そんな父を尊敬していた。

転機は、僕が中学二年生に上がった頃だった。

ちょうどサッカー部のレギュラーを勝ち取り、部活が楽しい時期だった。

詳しい事情は分からない。ただ、事実として、父が経営する会社が倒産《とうさん》した。

その話を聞いた時、僕はその重大性を認識《にんしき》できていなかった。これからはお金が厳しくなるんだろうな、という程度の感想だった。だけど、月日が経《た》つごとに、強制的に理解させられた。父の会社の倒産は、この家庭に致命的《ちめいてき》な崩壊《ほうかい》をもたらすということを。

お金の蓄えが消え、借金を背負った父は精神的な余裕を失った。あの生気に満ち溢れていた目は濁《にご》り、現実から逃げるように、酒を飲んだくれる日々を送っていた。

母は、そんな父に対して怒っていた。昔から母は怒りっぽい性格だった。だけど昔の父は精神的に余裕があり、そんな母を上手く受け流していた。でも今は違った。僕が家に帰る度、父と母が喧嘩していた。口喧嘩《くちげんか》では済まないことも多々あった。割れた皿も一枚や二枚じゃなかった。家は荒れ果てていた。段々と、家に帰るのが嫌になった。

学校に通い、部活を終えた後、僕はずっと公園でボールを蹴《け》るようになった。

可能な限り、家にいる時間を少なくしたかったからだ。

睡眠《すいみん》だけは家でとるしかないけど、それ以外の時間は、外でボールを蹴っていた。

精神的に余裕のない二人は、僕の所在など気にも留《と》めなかった。

「あれ？　白鳥《しらとり》じゃねえか？」

そうやって夜の公園でボールを蹴っていた日々で、偶然《ぐうぜん》出会ったのは長谷川《はせがわ》耕哉《こうや》を中心とした不良グループだった。学校でも悪名高い連中で、極力関わりたくはない。

だけど僕は一般生徒と彼《かれ》らの橋渡《はしわた》し役になることが多々あった。

学校である以上、どうしても会話が必要になることはある。

怖《こわ》がっている一般生徒から頼られて、断るというのも躊躇われた。

だから仕方なく橋渡し役をやっていたが、そうしているうちに、彼らからも声をかけられるようになった。結果、最初に持っていた印象から少し変わった。定期的に問題を起こしているけど、普通《ふつう》に話している分には、別に悪い連中ではなかったからだ。

「……こんな遅《おそ》くまでサッカーの練習か。熱心だな」

「ちょっと俺らにも教えてくれよ。暇だし」

「……まあ、いいよ」

僕は彼らの頼《たの》みに頷いた。他にやることもないし、対人の方が練習になるから。

それ以来、耕哉たちは夜の公園に遊びに来るようになった。

その間にも家の状況《じょうきょう》はどんどん悪化していった。外にいる時間が癒《い》やしだった。頼むから早く終わってくれ、と僕はいつも願っていた。そして願いは、叶《かな》えられた。

朝起きると、母がいなかった。

母の部屋は空っぽだった。いつの間にかすべての荷物が消え去っていた。

一夜にして運び出せるわけがない。少し前から準備していたのだろう。そうやって母は失踪《しっそう》し、連絡は途《と》絶《だ》えた。父は酒を飲み続けるばかりで、何も言わなかった。

あれだけ嫌だった二人の喧嘩《けんか》は、怒鳴り声は、一夜にして消え去った。

父は何かを諦めたように、住んでいた一軒家《いっけんや》を売り払った。引っ越《こ》し先は、近所にある古びたアパートだった。二人で住むには広すぎる家だったから、それ自体は特に文句はなかった。おそるおそる「これからどうするの？」と尋《たず》ねると、父は「仕事を探すしかねえだろ」と答えた。皮肉にも、母の失踪でようやく危機感を持ったようだった。

目下の問題は、とにかくお金がないことだった。

家を売り払ったお金の大半は、借金の返済に消えていった。

部活の活動費が払えなくなって、僕は強制的にサッカー部を辞《や》めさせられた。

少し前から、薄々《うすうす》そうなるかもしれないと感じていた。練習着も、シューズも、すでにぼろぼろになっていた。だけど買ってはもらえなかった。そんな余裕はなかった。

分かってはいても、苦しいことに変わりはなかった。

サッカーが好きだった。レギュラーを勝ち取り、チームのエースと呼ばれる立ち位置まで成り上がっていた。今が一番楽しかったのに、続ける道を強制的に奪《うば》われた。

言いたいことはたくさんあった。

でも、地元の工事屋の下《した》っ端《ぱ》として働き始めた父を見ると、文句は言えなかった。

夜の公園で、耕哉たちとサッカーをする時が唯一《ゆいいつ》の救いになっていた。

サッカー部を辞めたことで、仲が良かった友達とは急に絡《から》まなくなった。

この時の僕は、何もかもどうでもいいと思っていた。

この世のすべてを諦めていた。現実から、逃げていた。

流されるがままに、耕哉たちとつるむようになった。

居心地はよかった。少なくとも、夜の時間を家で過ごすよりは。

サッカー部を辞めた僕は、喧嘩を躊躇う理由もなかった。不良グループ同士の抗争《こうそう》が起きた時、僕は耕哉に連れられて、なし崩し的に参戦した。何をやっても、僕は基本的に天才だと自認《じにん》していた。耕哉に喧嘩のコツを教わっただけで、すぐに強くなった。

学校において僕の評価が変わっていくのを肌で感じていた。明らかに距離を置かれるようになって、それすらもどうでもよかった。やりたいことなんて、もうなかった。

そんな日々の中でも、常に客観的な自分が心のどこかに居座《いすわ》っていた。

こんなバカなことをしていても、仕方がない。これが現実だと認めるしかない。少しずつやり直していくしかない。そう分かっていても、居心地のよい今に縋《すが》ってしまう。

「少しだけお金が貯《た》まった。部活、またやってもいいぞ」

ある日。真夜中に帰ってきた父は、急にそんなことを言い始めた。

酒を断った父は、ちゃんと僕のことを見ていた。

「苦労をかけて、すまないな」

今更《いまさら》そんなことを言われても、困る。

もうサッカー部に僕《ぼく》の席など用意されていない。学校の評価も覆《くつがえ》せない。僕はもう不良グループのひとりで、このまま何もかも諦《あきら》めたまま日常を過ごしていくしかない。

どうすればいいのか分からなくなっていた僕に、長谷川耕哉は告げた。

「――決闘《けっとう》だ。お前、俺に負けたらサッカー部に戻れ」

# ▼第二章　天才と呼ばれた少年

日曜日。

今日は、午前九時から午後三時まで喫茶《きっさ》マレスのバイトがある。

詩《うた》や長谷川《はせがわ》との集合場所も喫茶マレスで、集合時間は午後三時三十分だ。

つまりシフトが終わった少し後に二人を呼んでいる。

何にせよ、まずはバイトをきっちりとこなさないといけない。

今日、同じシフトで入っているのは副店長、七瀬《ななせ》と鳴《めい》の三人だ。

「……なるほどね。だいたい状況は理解したわ」

お昼時の忙しい時間が終わり、一息つけるタイミング。

「い、いつの間にか、そんな事態になってたんですね……白鳥《しらとり》くんの噂はうちのクラスにも回ってきました。何かの間違《まちが》いじゃないかって思ってはいたんですけど……」

七瀬と鳴に現状を説明する。

初めて状況を聞いた鳴は、ひどく驚いていた。

「まずは怜太《れいた》本人が優先だ。その噂の蔓延《まんえん》も阻止《そし》したいところだけどな」

「び、微力《びりょく》ですが、協力しますよ！」

意気《いき》込《ご》んでいる鳴だが、影響力《えいきょうりょく》を考えると、あまり頼りにはならない。

「気持ちはありがたいが、ちょっと噂を訂正《ていせい》したぐらいで鎮《しず》まるものじゃないからな」

仮にそうだとしたら、すでに鎮まっているだろう。俺たちだって、ただ傍観《ぼうかん》しているわけじゃないのだから。それぞれの交友関係を通じて、誤解を解く努力はしている。

それはさておき、俺は七瀬に視線を向ける。

「三時半からの話、七瀬も参加するか？」

七瀬は顎《あご》に手をやり、少し考える素振《そぶ》りを見せてから、首を横に振《ふ》った。

「……いえ。あまり大人数だと、長谷川さんも気が引けるでしょう」

それもそうか。ただでさえ話しにくい内容ではあるだろう。

「でも、七瀬がいてくれた方が助かるな……」

「詩と二人だと気まずいからって、巻き込もうとしないでもらえる？」

ため息をつきながら、七瀬が図星を突《つ》いてくる。

いや、厳密に言えば長谷川と三人ではあるんだけど。

でも形式的には、俺と詩の二人が長谷川と会うって感じだからな。

詩の告白を断ってから時間は経ったけど、まだ二人きりで話すことはあまりない。

「陽花里《ひかり》にも悪いかな……みたいな気持ちもあり……」

「当然、陽花里にも今日のことはちゃんと説明しているんでしょう？」

「それは、もちろん」

七瀬の問いかけに頷く。

陽花里とはよく電話するので、逐一《ちくいち》状況《じょうきょう》は共有している。

「だったら、別にいいでしょう。詩だって、吹っ切っているはずよ。もう友達に戻《もど》れたつもりでいるのに、当の貴方《あなた》がそんな調子だと、詩も悲しむと思うけれど」

淡々《たんたん》とした七瀬の言葉が、グサグサと俺のメンタルに突き刺《さ》さる。

反論の言葉は特にない。七瀬の言葉は容赦《ようしゃ》がないけど大抵《たいてい》正しいからな……。

涙目《なみだめ》になりながら皿洗いをしている俺に対して、七瀬は薄《うす》く笑った。

「灰原《はいばら》くん……本宮《もとみや》さんの件があって、少し自意識過剰《かじょう》になっているでしょう？」

「うぐっ⁉」

あの、無駄に追加ダメージを入れてくるのやめてほしいんですけど。

分かったよ。分かってるって。何も気にせず、普通に接すればいいんだろ？

「モ、モテる男の悩みだ……！」

鳴はなぜかキラキラした目で俺を見ている。やめてくれ。

しくしくと泣いている俺など気にもせずに、七瀬は窓の外に目をやる。つられて外を見ると、今にも雨が降りそうな空模様だった。それを見て、七瀬はぽつりと呟く。

「……家に戻っていないのなら、今頃《いまごろ》どうしているのでしょうね」

主語はないけど、怜太の話だろう。確かに心配だ。

どこかに寝床《ねどこ》があるのか、あるいは友達の家を渡り歩いているのか。

まあ俺と竜也《たつや》が訪ねた時にいなかっただけで、今は家に帰っている可能性もある。

……そう信じたいところだ。

「今までの白鳥くんからは、信じられないような行動だけれど……」

七瀬は遠くを見るように、目を細める。

「……周りが見えすぎる人は、自分のことを見落としてしまうのかもしれないわね」

そんな七瀬の呟きが、ぽつぽつと鳴り出した雨音に紛れて、消えていった。

*

からん、と来店を告げる鈴《すず》が鳴る。

この寒い中でもミニスカートを穿《は》いた詩が、俺を見つけて手を振ってきた。

時間は三時十分。約束した時間の二十分前だ。

「……やっほー、ナツ」

「いらっしゃい。もう終わるからそこに座《すわ》っといて」

内緒話《ないしょばなし》がしやすい奥《おく》の席に詩を案内してから、控《ひか》え室《しつ》でぱぱっと私服に着替《きが》える。

それから詩を案内した席に戻る。詩は七瀬と会話中のようだった。

「あ、ナツ」

「灰原くん、飲み物は？」

「コーヒーで……てか、七瀬もシフト終わりだろ？」

「貴方の分ぐらいは持ってきてあげるわ。まあ淹《い》れるのは副店長だけれど」

七瀬はそう言って、カウンターの方に消えていく。

「……」

「……」

とりあえず詩の対面の席に座る。

詩はホットのカフェラテを飲んでいた。

しばらく無言の時間が続く。ただ、気まずい、というよりは単純に詩の元気がないように見える。それは昨日も同じだった。声に普段《ふだん》の張りがなく、口数が少ない。

「……大丈夫《だいじょうぶ》か？」

「ご、ごめん。ちょっと考え込んでた」

俺が声をかけると、詩ははっとしたように目を見張る。

「元気ないように見えるかな？」

「……まあ、いつも通りには見えないいな」

「ミオリンも、レイも、あたしの知らないところで離れていっちゃうからさ。なんか悲しくなっちゃって。……まあミオリンは何度も謝《あやま》ってくれたから、許したけど」

あはは、と詩は乾いた笑いを浮かべる。

こうも立て続けにトラブルが起きると、精神的に疲弊《ひへい》してしまうのだろう。

「早く、元通りのみんなに戻りたいな……戻れたら、いいな」

詩がそう呟《つぶや》いたタイミングで、来店の鐘《かね》が鳴る。

そっちに視線をやると、長谷川陽子《ようこ》がきょろきょろと頭を振っている。長谷川は俺たちの姿を見つけると、複雑な表情を浮かべた。その表情のまま、近づいてくる。

「どうも……」

「おはよ……って時間でもないか。今日はありがとね、陽子ちゃん」

元気のない長谷川の挨拶《あいさつ》に、詩が作り笑いで返事をする。

お互《たが》いに硬《かた》い雰囲気《ふんいき》だ。同じ中学でも仲が良いわけじゃないとは言っていたが。

「ううん……私も、詩たちに話さなきゃいけないって思ってたから」

長谷川はずっと暗い表情のまま、そんな風に言う。

「とりあえず、なんか飲むか？」

長谷川にメニューを渡すと、「じゃあ、ココアで」と答えが返ってくる。

七瀬の代わりでシフトに入った桐島《きりしま》さんに注文を伝えてから、長谷川に向き直る。

ちなみに詩は長谷川が登場したタイミングで、俺の隣に座り直している。

俺は長谷川と話したことがないので、話の進行は詩に任せるしかないけど……自己紹《しょう》介《かい》ぐらいはした方がいいのか？　でも、そんな雰囲気じゃないよな。流石《さすが》に、お互い名前ぐらいは知っているし、間違いなく俺のことを好意的に思ってはいないだろう。

「それで、話って？」

雑談をするような間柄《あいだがら》じゃないからか、詩がさっそく本題に入る。

「……えっと、じゃあ最初から。ちょっと長い話になると思うけど、聞いてほしい」

長谷川は難しい顔をしながらも、語り始める。

「……前提として、今こうなっているのは、すべて私のせい」

＊（長谷川陽子）

『──死ね、この屑《くず》女！　あんたなんか、消えてなくなればいいんだ！』

私が美織《みおり》にそう言い放った日。


『──何、してるの？』

衝動《しょうどう》に身を任せた私の発言は、星宮《ほしみや》さんに聞かれていた。

さあっ、と急に血の気が引いていく。自分の発言を思い返して、後悔《こうかい》する。

それだけじゃない。私はこの寒い中、美織に水までかけている。傍《はた》から見れば、いじめ以外の何物でもない。というか完全にいじめだろう。

さっきまで怒《いか》りで茹《ゆだ》っていた思考が、一気に冷えていく感覚があった。


……なんで、私はこんな真似《まね》をしている？


怒りで視野が狭《せば》まっていたさっきまで、私は自分が正義だと思い込んでいた。

でも、現状は何だ？　これを見て、誰《だれ》が私を正義だと思う？

自分が暴走していることを、ようやく自覚した。

……私は、怜太くんのことが好きだ。

だから、怜太くんと付き合い始めた美織のことが、最初から気に食わなかった。

それでも怜太くんの選択《せんたく》を尊重したいと思っていた。少なくとも、選ばれなかった私が口を出すことじゃない。切り替《か》えて、二人の関係を応援《おうえん》しようとすら思っていた。

だけど、美織はどう見ても怜太くんのことが好きじゃない。

あの子が好きなのは灰原くんだろう。よく見れば、そんなことはすぐに分かる。

灰原くんの話をしている時が一番楽しそうだから。

……だというのに、なぜか怜太くんと付き合っている。

その時点でかなり不快感はあった。応援しようって気持ちはすぐに消えた。

水瀬《みなせ》さんから例の話を聞いてしまったのは、そんな時だった。

夜の公園で、美織から灰原くんに抱《だ》き着いた話。

結局のところ、美織の本命は灰原くんで、怜太くんはキープされているだけなんだ。

そう思って、本当にムカついた。私はこんなにも怜太くんのことが好きなのに、怜太くんは私に見向きもせず、そんなふざけた真似をしている美織から目を離《はな》さない。

……美織の本性《ほんしょう》を知ったら、きっと心変わりすると思った。

だから、美織の悪評を広めた。嘘《うそ》や誇張も織り交ぜたけど、核心的な部分は水瀬さんから聞いた事実に基づいている。だから、美織は否定しにくいだろうと読んでいた。

実際、それは私の予想通りだった。

予想通りにならなかったのは、怜太くんだけだ。

『単なる噂より、僕は美織を信じるよ』

怜太くんは、水瀬さんを抱き込み、周到《しゅうとう》に手を回して、美織の噂を塗《ぬ》り替えた。

正直怜太くんが、裏切った美織のためにそこまでやるとは思わなかった。私は期待していたんだ。怜太くんが美織の裏切りにショックを受けて、別れる展開を。

でも、怜太くんの美織に対する気持ちは、そんなに軽いものじゃなかった。

結果として、追い込まれたのは私だ。嘘を広めた人間と認定《にんてい》され、立場が悪化した。

怜太くんは私のことを敵と認定して、美織を守ったんだ。

……今思えば、私の自業自得《じごうじとく》でしかない。

流石に、これはやりすぎだった。

今この状況になって、ようやく気付いた。

星宮さんから学校に報告されたら、謹慎《きんしん》処分を受けるかもしれない。

頭が真っ白になって、その場から逃げ出した。

ひたすら走り続けて、気づいたら家に帰っていた。

自己保身のことばかり考えていたら、美織が行方不明《ゆくえ》になった。

……美織の心配をしたわけじゃない。ただ、自分の責任になることが怖かった。

もし美織が自殺でもしたら、その原因を辿《たど》っていくうちに、星宮さんの口から私の名前が出ることは想像に難《かた》くない。まさかとは思うけど、無事は確認しておきたい。

「兄さん、人を捜《さが》してほしいんだけど」

こういう時、私が頼《たよ》れるのは兄さんだけだ。

兄さんだけは、私がどんな状況でも、いつも味方してくれる。

一つ上の兄さん——長谷川耕哉《こうや》は、垣割《かきわり》高の二年生だ。

この地域では有名な不良グループを仕切っている長でもある。

その腕っぷしの強さから怖がられているけど、私や家族には優しい。

「友達が行方不明なのか？　俺に任せておけ」

兄さんは勘違《かんちが》いをしていたけど、わざわざ誤解を解く理由はなかった。

私に頼まれた兄さんは、美織の捜索《そうさく》を始めた。

兄さんには大勢の手下がいるから、人海戦術が使える。私が闇雲《やみくも》に捜すよりは見つけられる可能性が高い。美織の写真とプロフィールを共有して、後はお願いした。

……その日の夜、兄さんから電話が来た。

私が知ったのは美織の安否じゃなく、兄さんが警察に捕《つか》まったって話だった。

しかも、なぜか怜太くんと一緒にいるらしい。

いったい何が起きてそうなったのか、意味が分からなかったけど、とにかく急いで警察署に駆《か》け付けたら、兄さんたちが微罪《びざい》処分で解放されたところだった。

二人とも顔にあざを作っていた。服で隠《かく》れているだけで、顔だけじゃないだろう。

「に、兄さん、何があったの⁉」

「大したことじゃない。ただの喧嘩だ」

兄さんと怜太くんは仲が良かったはずだ。一時期は、常に一緒にいたほどに。そもそも私が怜太くんを好きになったきっかけは、兄さんを通じて仲良くなったからだ。

怜太くんが荒《あ》れていた頃。闇《やみ》を感じる怜太くんの瞳《ひとみ》に、私は段々と惹《ひ》かれていった。

「それより、すまない。本宮は見つけられなかった」

兄さんは昔から多くを語らない。ただ謝罪をするだけだった。

美織を捜す過程で、なんで怜太くんと喧嘩することになったんだろう。

訳が分からない。でも、兄さんは聞いても答えてくれない。

「怜太くん」

「……美織なら大丈夫だよ」

混乱している私に、怜太くんが教えてくれた。

喧嘩の理由は教えてくれなかったけど、その代わり、いま最も知りたいことを。

「夏希《なつき》が見つけてくれたから、心配する必要はない」

「……私は、心配なんかしてないよ。でも、無事なんだね」

ほっとした……けど、私にそんな資格はない。美織を追い込《こ》んだ張本人なんだから。

「……ごめんなさい、怜太くん。私のせいです」

そう言って深く頭を下げると、怜太くんは少し意外そうな表情をした。

それから、ゆるゆると首を横に振る。

「僕に謝る必要はないよ。元を辿れば、すべて僕が悪いんだから」

その瞳の中に、いつもの光はなかった。あの頃と同じ闇に満ちていた。

でも今は、その闇に惹かれることはない。

むしろ、あの頃と同じ目に戻ってしまったことが悲しい。

「怜太くん。その……何が、あったの？」

闇に惹かれたのは、ただのきっかけだ。どうして、そんなに悲しそうな目をしているのだろうと疑問に思った。この人の心の闇を拭《ぬぐ》い去りたいと思うようになった。

だから、目に光を取り戻した怜太くんを見て、笑顔《えがお》を取り戻した怜太くんを見て、本当に嬉《うれ》しかった。この人もこんな風に笑えるんだ、と安心して胸をなでおろした。

この人のことが好きだと自覚したのは、その時だった。

「今の怜太くんは、昔と同じ目をしてる」

「——気づいたんだよ。自分がどれだけ最低の人間なのかってことに」

寂《さび》しそうに語る言葉が、ひどく悲しかった。

怜太くんは、私の胸中で燻《くすぶ》る恋心《こいごころ》を見透《みす》かしたように告げる。

「僕のことは、気にしなくていいよ。僕は、君が思うような人間じゃないんだ」

怜太くんはそう言って、兄さんと共に夜の街へと消えていった。

＊（灰原夏希）

長谷川の話は、正直に言って良い気分じゃなかった。

自分が美織を追い込んだくせに、あまりにも考え方が自己保身的すぎる。

……だけど、そんな自分の考えもすべて赤裸々《せきらら》に語ってくれるのは、できるだけ正直に話そうとしているからだろう。反省しているのは話し方から窺《うかが》える。

「肝心《かんじん》な部分が分からなくて申し訳ないけど……これが私の知っている全部」

長谷川は長い話で喉《のど》が渇《かわ》いたのか、ココアを口に含む。

しかし、すでに冷めてしまっているのか、微妙《びみょう》な表情を浮かべた。

「警察沙汰《ざた》になるほどの喧嘩って……すごいね？」

詩が口をあんぐりと開けたまま俺《おれ》を見る。

顔にあざができていたってことは、相当派手に殴《なぐ》り合ったのだろう。

「警察では喧嘩両成敗みたいな感じで、ちょっと事情聴取《ちょうしゅ》されただけで解放されたみたいなんだけど、学校としては処罰《しょばつ》をしないわけにもいかないだろうから……」

「……それで停学になったわけだ」

話の流れから察するに、長谷川兄と怜太が殴り合ったってことだよな。

それが暴力事件の正体か。なんでそんなことになったのか全然分からんけど……。

「でも今、陽子ちゃんのお兄さんとレイは一緒《いっしょ》にいるんだよね？」

詩が俺に尋ねてきたので、頷《うなず》きを返す。

三秒ほど沈黙《ちんもく》があった後に、詩がこてんと小首を傾《かし》げる。

「……なんで？」

「うーん……兄さんは直情的なところあるから……なんか誤解があったのかも」

難しい顔で話をする二人を横目に、思考を整理する。

「確認《かくにん》だけど、その事件って美織が行方不明になった日だよな？」

「うん。警察に捕まったことを知ったのは、その日の午後七時ぐらいかな」

長谷川兄が美織を捜している時に怜太に遭遇《そうぐう》したとする。

当然、長谷川兄は美織と同じ高校に通っている怜太に、美織の行方を聞くだろう。

そして怜太からすれば、なぜ長谷川兄が美織を捜しているのか疑問を抱くはずだ。

時系列的に、怜太が長谷川兄と遭遇したのは、俺と山の中で会話をした後のはず。

俺はその一時間後ぐらいには美織の無事をグループチャットで伝えているから、怜太も美織の無事を確認しているはずだが……何か誤解があって喧嘩に発展したのか？

「……結局、もう一度怜太に会って、直接話すしかないだろうな」

周りの連中がいないタイミングを窺って、怜太と二人きりで話したい。

「……お願いします。私は、元の怜太くんに戻ってほしい」

それができるとしたら俺たちだと思っているのだろう。だから、今ここにいる。

「それは俺たちも同じだけど……どこにいるかって分かるか？」

「えっと、普通に誰か仲間内の家にいることも多いと思うけど……他には――」

駅付近の高架下《こうかした》、ゲームセンター、廃病院《はいびょういん》の中、垣割高近くのコンビニの裏手など兄が溜《た》まり場《ば》にしている場所を挙げる。その内一か所にいたことは俺も確認している。

「隙《すき》を見て怜太と話せる可能性が高いのは……ゲーセンか」

人が多いし、音もうるさい。雑多な空間だから隠れる場所も多い。他の連中がゲームに集中しているタイミングなら、こっそり怜太を連れ出せるかもしれない。

「ただ、候補地が多いんだよな……どうするか」

「ゲーセンで待ち続けるとか？　あんまり現実的じゃないよね……」

「来るとは限らないからな」

詩とそんなやり取りをしていると、長谷川が提案してきた。

「兄さんの居場所を聞くだけなら、できるよ。ずっと一緒にいるとも限らないけど」

なるほど。確かに兄妹《きょうだい》なら、居場所の確認ぐらいは容易《たやす》いだろう。

「頼めるか？」

長谷川は頷き、スマホを取り出して兄と通話を始める。

「もしもし。今どこにいるの？　……いや、ちょっと、心配だっただけ。うん……」

そんなやり取りを十秒ほど行うと、長谷川は通話を終える。

「ちょうど今ゲーセンにいるらしいよ。怜太くんと話すなら、チャンスかも」

俺は詩と視線を交わすと、立ち上がる。

「ありがとな、長谷川。ちょっと行ってみるよ」

「……私も行く。私が兄さんの気を引けば、怜太くんと二人にできるかも」

「正直助かるけど……いいのか？　そこまでやってもらって」

怜太と一緒にいる兄の意思に逆らうような真似になるはずだが。

高架下の広場で遭遇した時の様子からすると、長谷川兄は怜太を連れ戻そうとする俺たちを歓迎《かんげい》していない。俺たちを拒絶《きょぜつ》する怜太の意思を尊重しているような感じだ。

長谷川は「大丈夫」と頷く。

「今の怜太くんを……このまま見ていたくはないから」

長谷川の今日までの行動は受け入れ難《がた》いものだ。

それでも、怜太を好きな気持ちは、確かに本物なのだろう。

恋心が暴走して、美織を傷つける結果にもなったが……まあ美織を傷つけたのは俺も同じだから、長谷川に何かを言う資格はない。ひとつ言えることがあるとすれば……

「美織には、ちゃんと謝っておけよ」

「……うん、分かってる。月曜日は学校に行って、美織に謝る」

長谷川は真剣《しんけん》な表情で頷いた。

それなら、後は美織が許すかどうかの問題だ。

俺は怜太を連れ戻すことに集中しよう。

「行こう、詩」

「うん。一緒にレイを取り戻そうね！」

空元気のようにも見えたけど、詩はそう言って笑った。

＊

すでに外は真っ暗だが、ゲームセンターには灯《あか》りがともっている。

閉店は二十四時だから、まだまだ先だ。入口付近にたむろしている連中もいる。

ここのゲーセン、治安が悪いんだよな。垣割高の連中以外にも、ガラの悪い人がたくさんいる。そのせいか普通の人はあまり寄り付かず、モール内のゲーセンに行く。

入口から少し離れたところで足を止めて、振り返る。

流石に硬い表情を浮かべている二人と目を合わせ、頷き合う。

男の俺ですら少しビビっているのだから、女子二人はなおさらだろうな。

「じゃあ、私は先に入るよ。兄さんたちを見つけたら、話しかけて気を引くから」

「状況を見て、俺たちが怜太を連れ出せばいいってことだな」

シンプルな作戦だが、これしかない。

結局のところ、中に入ってみないと状況なんか分からないからな。

長谷川がゲーセンに入ってから一分ほど空けて、俺たちもゲーセンに入る。

店のＢＧＭやゲーム音がうるさい。休日だからか、思っていたより人が多いな。

できるだけ人目を避《さ》けるように物陰《ものかげ》から物陰へと歩きながら、怜太を捜す。

一階には見当たらない。二階に上がると、格闘《かくとう》ゲームの機体が並んでいるところに見覚えのある連中がいた。どうやら格ゲーで身内同士の対戦をしているところらしい。

「いたよ、ナツ」

「ああ」

怜太と長谷川兄は、そんな下っ端連中から少し離れた場所で話をしている。

かなり都合の良い状況だ。

「兄さん」

長谷川もそれを分かっているのか、兄に話しかける。

「陽子……？　なぜ、ここに？」

「兄さんがここにいるって聞いたから」

「夜はひとりで出歩くなと言ったはずだ。わざわざどうした？」

長谷川兄はいきなり妹が現れたことで、かなり驚《おどろ》いているようだ。

「ちょっと用事があるの。ここはうるさいし、ついてきて」

長谷川は動揺《どうよう》している兄の腕《うで》を掴《つか》み、強引《ごういん》にその場から離れていく。

一瞬《いっしゅん》だけ俺たちと視線を交《か》わす。「後はよろしく」という意図は伝わってきた。

そして一時的に怜太がひとりになる。

ポケットからスマホを取り出した怜太のもとに、詩と二人で近づいていく。

足音に気づいた怜太が顔を上げ、俺たちに気づいた。

「話がある。ついてきてくれ」

場合によっては強引に連れ出すつもりだったが、怜太はため息をついた。

「……なるほど。そういうことか。諦めが悪いね、君は」

「そんなの、今更言うまでもないことだろ」

＊

怜太を連れて、ゲーセンの外に出る。自動販売機《はんばいき》の前で足を止めた。

「逃《に》げようとしたら、あたしが捕まえるからね！」

詩は怜太の背中側に立って、俺と詩で怜太を挟《はさ》み込むような態勢を取っている。

そんな詩の様子に、怜太は苦笑《くしょう》を浮《う》かべた。

「逃げるんだったら、最初からついてきていないよ」

そもそも体の小さい詩じゃ、怜太を止めるのは物理的に無理だろうな……。

さて、俺は財布《さいふ》を取り出し、自販機《じはんき》に千円札を挿入《そうにゅう》する。

「何が飲みたい？」

「奢《おご》ってくれるのかい？」

「ああ。話に付き合ってくれる礼だ」

「……それなら、ホットのコーヒーで」

「あたしは、ほっとれもんがいいな！　寒いし！」

いつの間にか詩の分まで買うことになっていたが、まあいいか。

俺は自分のコーヒーを含《ふく》めて三本買うと、その内二本を二人に投《な》げ渡《わた》す。

吐《は》く息が白い。温かい缶《かん》が、冷えた手には心地《ここち》いい。

ゲーセンの中から漏《も》れる光と、点在する街灯が暗闇《くらやみ》を照らしている。三メートルほどの距離《きょり》を置いて向き合っている怜太の顔が、少し見辛《みづら》い程度の明るさだった。

「お前、家に帰ってるのか？」

「いや、友達の家に泊《と》めてもらっているよ。今はバイトを探してる」

「家に帰らないのは何でだ？　父親と何かあったのか？」

「その様子だと、僕の父に会ったのかい？」

質問に質問で返される。答えるまでもなく、怜太は見透かしたようだ。

「父は僕の行方について、なんて言っていた？」

「……あのガキならいねえぞって、ただそれだけだ」

「そういう人なんだよ。会ったのなら、分かるだろう？　家には帰りたくないんだ」

淡々とした語り口が、むしろ真に迫《せま》っているような気がした。

「……学校はどうする気なんだ？　サッカー部は？」

「辞《や》めるよ。停学処分が明けたら、退学手続きをしようと思ってる」

より一層、空気が冷《ひ》え込んだような錯覚《さっかく》が起きた。

「……レイ、どうして？　みんなで一緒に卒業しようよ」

悲しそうな詩の言葉に、怜太は目を伏《ふ》せた。

「……僕に、そんな資格はないよ」

「何、それ……？　資格って何？　どういうこと？」

詩の問いかけに、怜太は何も答えない。

答えたくないのだろう。踏《ふ》み込まないでくれと、その雰囲気が語っている。

それでも。

「……何があった？　教えてくれよ。友達なんだろ、俺たち」

なぁ、怜太。これは、お前が俺に言ってくれた言葉だ。

『ただ、僕たち友達だろ？　何か悩《なや》んでいることがあるかもと思って聞いただけさ』

あの時のお前の言葉は、本当に俺の支えになったんだよ。

だからお前が今、悩んでいるのなら、今度は俺が支えてやりたいんだ。

「……僕に、君の友達でいる資格なんかないよ」

しかし、怜太は目を伏せる。踏み込もうとした俺を拒絶する。

「君の言う通りなんだよ、僕は。友達の……好きな人の危機でも、自分のことしか考えていない。そんな最低の人間なんだ。こんな僕は、君たちの傍《そば》にいるべきじゃない」

怜太はそうやって自分を卑下《ひげ》する。

「……あの時は俺が悪かった。お前の気持ちも考えず、言い過ぎたと思ってる」

「謝る必要はないよ。君が全面的に正しい。僕は所詮《しょせん》、そういう人間なんだ。仮に、僕が君よりも先に美織を見つけたとして……僕に美織を救うことはできなかった」

自嘲《じちょう》するように、怜太は続ける。

「美織が帰ってきてくれたのは——君が助けに行ったからだ」

怜太は確信しているような口調だった。でも、そんな仮定に意味はないと思う。

俺は別に何もしていない。美織の告白を断っただけだ。

「むしろ僕《ぼく》は感謝してるんだよ。僕の本質に気づかせてくれた君の言葉に」

「……だったら、なんで長谷川の兄貴と喧嘩《けんか》した？　美織の居場所を教えなかったことが理由じゃないのか？　あの暴力事件は、お前が美織を守ろうとした結果だろ？」

「……驚いた。陽子には何も話していないのに、そこまで分かっているのか。でも、肝心な部分が間違っている。別に、僕は美織を守ろうとしたわけじゃない。僕はただ、耕哉に八つ当たりをしただけさ。だから喧嘩になってしまった。僕のせいなんだ」

耕哉というのは、長谷川兄の名前だろう。

どうやら俺の推測は、おおむね当たっていたらしい。

「……八つ当たり？」

言葉の意図を読み取れず、眉《まゆ》をひそめる。

「……あの日、夏希と話した後、帰り道に耕哉と会った。耕哉は、陽子の頼《たの》みで美織を捜していた。僕は美織の無事を君からの連絡《れんらく》で知っていたけど、耕哉に教えなかった。信用できなかったわけじゃない。昔からの友達だからね。ただ、その時の僕は、他人と会話できるほど冷静じゃなかった……だから僕は、耕哉にこう言ったんだ」

　怜太は一呼吸置いてから、当時の台詞《せりふ》を再現する。

「そもそも美織が消えた理由は、君の妹にある。だから教えたくない……ってね」

　とんだ八つ当たりだろう、と怜太は自嘲する。

「僕が言っていい台詞じゃない。根本的な原因は僕にあるんだから。結果として、妹を信じていた耕哉は怒《おこ》って、訂正を求めてきた。でも譲《ゆず》らなかった。だから殴り合いになって僕も容赦しなかった。むしゃくしゃしていたから、ちょうどいいとすら思った」

「……それで警察沙汰になったわけだ」

「馬鹿な話だろう？　でも、今の生活に区切りをつけるにはちょうどよかった。こんな僕が君たちの傍にいるべきじゃない。君たちのいる世界は、僕の居場所じゃない」

　何を馬鹿なことを言っている？

　お前は、その明るさの中心を担《にな》っていた男だろう。

「それは俺の台詞だよ、怜太」

「……君には言われたくないよ、夏希」

　どろりとした視線だった。

　俺と怜太が睨《にら》み合っていると、詩が言う。

「レイは……あたしたちより、あの人たちと一緒の方がいいの？」

「ああ。耕哉たちといるのは、居心地《いごこち》がいい。君たちのいる世界は、少し明るすぎる」

「それでもあたしは、レイと……みんなと一緒に、この先も遊びたいよ」

いつもの元気など欠片《かけら》もない、今にも消えそうな声だった。

「……言っただろう？　僕に、その資格はない。僕がこのまま君たちと一緒にいたら、居心地がよかったはずのグループが崩壊《ほうかい》する。白鳥怜太は、そういう人間なんだよ」

何より、と怜太は言葉を続ける。

「……美織は、僕を恨《うら》んでいるだろう。美織が追い込まれた最大の原因は、僕にあるんだから。表向きどう言っているかは知らないけど、僕が傍にいるのは望まないはずだ」

……結局、そこに行き着くのか。

美織に対する罪の意識が、怜太をここまで追い込んでいる。

「本音が出たな、怜太。でも、あの後ちゃんと美織と話したのか？」

「話してないよ、一度もね」

「だったら、美織の気持ちなんて分からないだろ。あいつは何度もお前と連絡を取ろうとしていたよ。それは知ってるんだろ？　あいつは、お前のことを心配してた！」

俺が叫《さけ》ぶと、怜太の瞳が僅《わず》かに揺《ゆ》らいだ。

怜太は夜空を仰《あお》ぐと、ゆっくりとため息を吐く。

「……夏希、ひとつ聞いてもいいかい？」

「……何だよ？」

「美織に告白されたんだろう？　どういう答えを出した？」

あの山の奥でどんなやり取りがあったのか、怜太は見透かしているらしい。

「……断ったよ。俺にはもう、心に決めた人がいるって」

美織に伝えた言葉をそのまま口に出すと、怜太の視線は鋭《するど》くなる。

「――嘘ばかりつくんだね、君は」

何に対して嘘と言っているのか、すぐに分かる。分かってしまう。

「嘘なんて言ってない。これは実際に、美織に伝えた言葉だよ」

心当たりはある。だけど分からないふりをする。それを貫《つらぬ》き通すと決めたから。

「……せめて君が正直になってくれたら、僕も君たちのもとに戻《もど》れたかもしれない。でも今は無理さ。この気持ちが消えない限り、美織の傍にはいたくない」

怜太がそう言い切ったタイミングで、店の中から長谷川たちが出てきた。

兄の耕哉も、下《した》っ端《ぱ》連中も一緒だ。俺たちを睨みつけている。

怜太を誘《さそ》い出したのがバレたらしい。

兄に首根っこを掴まれている長谷川は目で「ごめん」と謝ってくる。

……タイムリミットか。

「またお前か。よほど怜太を連れ戻したいらしいな」

長谷川兄は、怜太を庇《かば》うような立ち位置で、俺たちを睨みつける。

「ただ、話をしたかっただけです」

「だったら、俺たちを出し抜《ぬ》くような真似はやめろ。純粋《じゅんすい》に不快だ」

「素直《すなお》に頼めばよかった、と？」

「それを怜太が望むなら、俺たちは口を出さない。望まないのであれば話は別だ」

「……なぜ、そこまで？」

「こいつは、俺たちの仲間だからな」

仲間意識が強い。昔仲が良かったとは聞いたけど、そこまで深い関係だったのか。

「お前らは、怜太の何だ？」

「……友達だ。少なくとも俺は、そう思ってる」

「詳《くわ》しい事情は知らんが……こうも拒絶されておきながら、か？」

長谷川兄の言葉に、反論の言葉を失う。

「気にするな、耕哉。戻ろう」

怜太は俺たちに背中を向け、長谷川兄の肩《かた》を叩《たた》く。

「……今一度聞いておくが、本当にいいのか、怜太？」

念を押《お》すように、長谷川兄は怜太に尋《たず》ねる。

怜太は肩越《かたご》しに俺たちを一瞥《いちべつ》してから、すぐに視線を切る。

「ああ。この二人はもう……僕の友達じゃない」

冷たい声でそう宣言すると、怜太は再びゲーセンの中に戻っていった。

「ナツ、さっきの話って……」

隣《となり》にいる詩は、途中《とちゅう》で言葉を止める。

「……ううん。何でもない」

何が聞きたいのか、分からないほど鈍感《どんかん》じゃなかった。

だけど聞かれたところで正直には答えられないから、俺は何も言わなかった。

＊

さらに翌日。月曜日。

怜太の停学期間は一週間。水曜日までは続いている。

土日を挟んだせいか、怜太の話題は先週よりは落ち着いていた。

ただ、教室内の席がひとつ空いていることが、やけに目立っている気がする。

教室の空気が重苦しいのは、きっと気のせいじゃないだろう。いつも中心にいたはずの俺たちが静かだから、その影響《えいきょう》がある。それもこれも、怜太がいないからだ。

昨日の出来事はグループチャットで報告している。

みんなの既読《きどく》はついているが、今のところ反応はない。

……みんなも何を言ったらいいのか、分からないのだろう。

大して授業に集中できない無為《むい》な午前中を過ごし、昼休みが訪《おとず》れる。

事態に進展はなくても腹は減る。今日は学食か、購買《こうばい》か、悩みどころだな。

……それにしても、妙《みょう》に教室内がざわついている気がするな。

「夏希くん、ちょっといい？」

不自然な教室の雰囲気を訝《いぶか》しんでいると、陽花里に声をかけられる。

「……なんかあったのか？」

「うん。今、ミンスタ開ける？」

陽花里の言う通りにSNSのアプリを開く。

「まさか、またSNSで何か怜太が投稿《とうこう》したのか？」

「いや、今回は美織ちゃんだよ」

アプリを開いてまず目に入ったのは、美織による長文の投稿だ。

友達だけフォローしているタイプのいわゆるリア垢《あか》で、大して相互《そうご》フォローが多いわけじゃないはずだが、それなりの数のいいねとコメントをつけられている。

『今からここに書くことは、すべて事実です』

美織の投稿は、これまでの出来事を詳細《しょうさい》に書き綴《つづ》るものだった。


『私は白鳥怜太くんと付き合っていました。

でも、好きな人は別にいました。私は二組の灰原夏希くんのことが好きでした。

だから怜太くんに告白された時、断ろうと思っていました。

しかし怜太くんに、「夏希のことを好きなままでいい」と、提案されました。

僕は君に振《ふ》り向いてもらえるよう努力をするから、と。

私の好きな人は、すでに付き合っている人がいて、私はこの恋心を捨てたかった。

だから怜太くんの提案が、とても魅力的《みりょくてき》なものに思えました。

怜太くんを好きになれたら、きっと私はこの苦しみから解放されると思いました。

でも、簡単に気持ちは捨てられなくて、私は怜太くんを裏切りました。

少し前に夏希くんに私から抱き着いたという噂《うわさ》が流れましたが、それは事実です。そのせいで、怜太くんを傷つけてしまいました。

だけど怜太くんは裏切った私を庇い、悪評を塗り替えようとしました。私が自分から抱き着いたわけじゃなく、私はただ躓《つまず》いて、それを夏希くんが抱き留《と》めただけだ、と。

怜太くんのおかげで、私は悪評から解放されました。でも完全じゃなかった。怜太くんはきっと、そのことに責任を感じていた。中途半端《ちゅうとはんぱ》な私が悪いだけなのに、怜太くんは自分が条件付きの恋人《こいびと》関係を提案したせいで、私が苦しんでいると思っている。

今ミンスタで広まっている怜太くんの動画は、彼《かれ》の自作自演です。私の悪評を完全に塗り替えて、その矛先《ほこさき》をすべて自分に向けさせるために、こんなやり方をしました。

罪滅《つみほろ》ぼしのつもりなんだと思います。罪を犯《おか》したのは、私なのに。

そんな嘘で守られるのは、嫌《いや》です。悪いのは私で、私が責められるべきです。

だから、ここにすべてを書きました。

ごめんなさい。どうか、怜太くんは信じてあげてください』

怜太が嘘で誤魔化《ごまか》したことも含めて、すべて明かす長文だった。

学校内における怜太の評判を取り戻すための言葉だった。

「美織が、こんなことを……」

当事者の証言だ。効果は間違《まちが》いなくあるだろう。

その代わり、怜太による美織の評判を守るための策が無意味となる。

「ほんとは……わたしと芹香《せりか》ちゃんは知ってたんだ。今日、これをやるって」

陽花里は申し訳なさそうに言う。

「わたしは一応、止めたんだよね。とりあえず話題が静まりつつある状況《じょうきょう》で、蒸《む》し返すような感じにもなりかねないから。怜太くんが講じた策も無駄《むだ》になっちゃうし」

陽花里が俺に黙《だま》っていたのは、美織に口止めされていたのだろう。

俺が知ったら、きっと止めると思われている。実際、良いやり方とは思っていない。

「……ただ正直に話せばいいってものじゃないだろ」

「わたしも、そう思うよ。でも多分、嫌だったんだろうね。嘘で守られることが」

陽花里と話しながら廊下《ろうか》に出ると、隣のクラスの周辺がざわついている。

教室内を覗《のぞ》くと、美織がクラスの女子陣《じん》に囲まれていた。

「ねえ、これ本当なの？」

「これマジだったらヤバくない⁉　え、ドラマじゃん！」

「やっぱり怜太くんは良い人だったってことだよね？　私もそう思ってた！」

「なーんか、いろいろあったんだね……分かるよ、美織の気持ち」

責められているという雰囲気《ふんいき》じゃない。好奇心旺盛《こうきしんおうせい》な女子たちから質問攻めにあっているような感じ。美織の居心地は悪そうだが……まあ、これは美織の選択《せんたく》の結果だ。

「自分の行動の責任を取りたかったんだと思う」

俺についてきていた陽花里は、そんな美織を見つめながら呟《つぶや》いた。

「今までは守ってくれた怜太くんの気持ちを尊重してたけど、怜太くんが自分の悪評で上書きするような真似《まね》をしたから、それだけは許せなかったんじゃないかな」

だから正直にすべてを書き綴った。

……これで怜太の評判が回復するとは思えない。

美織と仲の良い生徒は、美織の言葉を信じるだろうけど。

暴力事件による停学という事実があるわけだし、関わりのない生徒が美織の言葉を素直に信じるとは思えない。陽花里が懸念《けねん》した通り、少し落ち着きつつあった噂そのものを蒸し返してしまい、美織も怜太も、どちらも評判を下げる結果になるかもしれない。

だから、これはきっと美織の気持ちの問題だ。

怜太の自己犠牲《ぎせい》で守られるよりも、正直に話した結果を受け止めたいのだろう。

「……ふっ切れたみたいだね、美織ちゃん」

陽花里は口元を緩《ゆる》めた。視線の先には美織がいる。

「ちょ、ちょっと待って！　一個ずつ質問して！　ちゃんと答えるから！」

確かに居心地は悪そうだが、今の美織の目には覚悟《かくご》がある。

「……そうだな」

「それじゃお昼、食べよっか」

いつまでもここにいても仕方がない。

それに俺と陽花里が一緒にいると、今はどうしても注目が集まってしまう。

人気《ひとけ》のない場所で昼食を取るため、陽花里を連れて歩き出した。

＊

陽花里と二人で、屋上に出る。

「誰《だれ》もいないね」

「春と秋はたまに人がいるけど、夏と冬はいないんだよな」

まあ暑い時と寒い時に、わざわざ外で飯を食おうなんて考える奴《やつ》は少ないか。

ただ今日は風がないから比較的暖《ひかくてき》かい。

陽花里と並んで、柵《さく》を背に座《すわ》る。俺は購買で買ったパン、陽花里は弁当だ。

こうやって陽花里と二人きりで過ごすのは久々な気がする。

そうは言っても、よく電話はしているけど。

「今度、お弁当作ってきてあげるね」

「え、いやいや、大変でしょ。二人分も作るなんて」

「どうせ作るなら、一人分でも二人分でも大して変わらないよ」

それとも、と陽花里は俺の顔を覗き込んでくる。

「……いらないの？」

「……いや、めちゃくちゃ食べたいです」

「よろしい」

陽花里は満足げに頷く。

そりゃ彼女《かのじょ》の手作り弁当なんて食べたいに決まってるだろ！

虹色《にじいろ》青春イベントランキング（俺調べ）でも上位に君臨している。

もそもそと焼きそばパンを食べながら、陽花里の弁当に目をやると、色とりどりのおかずがあった。

「これはお母さんが作ったやつだけどね」

陽花里は俺の視線に気づくと、そう言って苦笑する。

「……陽花里って料理できるんだっけ？」

この前、美織と一緒に家に来ていた時、できないような言動をしていた気がする。

「練習中なの！」

ちょっと頬《ほお》を膨《ふく》らませながら言う陽花里。今日も俺の彼女が可愛《かわい》い。

「そういえば夏希くんは、お弁当作ったりはしないの？」

「朝はランニングと筋トレしてるから、弁当作る暇《ひま》ないんだよな」

「そっちが優先なの、夏希くんらしいね」

それと純粋に弁当を用意するのが面倒《めんどう》というのもある。

料理は嫌《きら》いじゃないけど、朝からやりたくはないし、そもそも弁当は作り置きの料理とか冷凍《れいとう》食品を詰《つ》め込《こ》む作業になりがちだから料理とは別物だし……みたいな。

ちなみに、母さんは朝に弱いから弁当を作ってくれたことはない。まあ食事代をもらえるから文句はないけどね。人間誰しも得手不得手はあるのだ。

とはいえ陽花里のような弁当を見ると、ちょっと羨《うらや》ましくはなる。

陽花里は何かを思いついたような表情で玉子焼きを箸《はし》で取り、差し出してくる。

「はい、あーん。食べたいんでしょ？」

「えっ、いや別に、そういう意味で見てたわけじゃ……」

「いいから、食べましょう」

「もが……」

陽花里は強引に、俺の口に押し込んでくる。甘《あま》くて美味《おい》しい。

「む、無理やり口に入れるなよ。美味しいけど！」

抗議《こうぎ》すると、陽花里はくすくすと笑った。

「ちょっとは元気出た？」

「え……？」

数秒遅《おく》れて、その問いかけの意味を悟《さと》る。

陽花里に、気を遣《つか》わせている。

その事実に気づいて、申し訳ない気持ちでいっぱいになる。

「ずっと暗い顔してるから、心配だったんだ」

「ごめん、陽花里……」

「いいの、理由は分かるから」

陽花里は首を横に振ってから、言葉を続ける。

「その代わり、夏希くんの考えを教えてよ。ひとりで悩むよりも、少しは気が楽になるかもしれないし……わたしも、夏希くんに頼《たよ》られたいから」

その言葉に秘《ひ》められた感情を察せないほど、鈍感にもなりきれなかった。

陽花里にも思うところがあるのだろう。困っている時、俺《おれ》が頼るのはいつも美織だったということに対して。……まあ今は、美織に頼れるような状況じゃないけど。

「ありがとな、陽花里」

何にせよ、俺の力になりたいと思ってくれる人がいる。

その事実が純粋に嬉《うれ》しかった。

「……怜太は、停学期間が終われば、このまま学校を辞めるつもりだ」

ごちゃごちゃしている思考を、言葉に変換《へんかん》することで課題を明確化していく。

「だから、怜太の気持ちを変えないといけない」

「うん」

「……このまま見過ごしていいとは思えない。今のあいつは、俺たちとの出来事を無視したって、現実から目を逸《そ》らして、将来を捨てているようにしか見えない。怜太の人生だ。怜太が決めればいいとは思うけど……これが怜太の本当の望みだとは思えない」

なぜなら、今の怜太は笑っていない。まったく楽しそうではない。

「だけど正面から説得しても、怜太の心には届かなかった」

「うん」

まとまりのない俺の呟きに、陽花里はちゃんと相槌《あいづち》を打ってくれる。

「……俺は、どうすればいいんだろうな？」

結局のところ、それがすべてだ。

正面からの説得に失敗した今、どうすればいいのか分からない。

「俺は怜太に戻ってきてほしい。だけど、あいつがそれを望まないなら──」

「──別に、そんなに難しく考えなくてもいいんじゃないかな？」

陽花里は珍《めずら》しく俺の言葉に割り込んで、笑いかけてくる。

「だって、夏希くんにできるのは、自分の気持ちを伝えることだけでしょ？」

それは……陽花里の言う通りだ。

高校生活二周目だろうが、結局のところ、俺にできるのはそれだけだ。

「今までも、いろいろあったよね。でもその度《たび》に、元の形に戻れたのは……ううん、元の形よりも、もっと良い形になれたのは、夏希くんが繋《つな》ぎ留《と》めてくれたからだよ」

自分の気持ちを伝える。自分のエゴを押し通す。

今までのトラブルだって、それ一本で何とかしてきた。

「夏希くんはさ、どうしたいの？」

自分の気持ちを振り返る。

俺は、怜太を連れ戻したい。

どうして？

俺がお前と一緒《いっしょ》にいたいからだ。

お前と一緒に遊んでいると、俺が楽しいからだ。

その気持ちを、お前と共有できていると信じているからだ。

「……あいつは、もう俺たちなんか友達じゃないって言った。確かに、何の相談もしてくれないまま消えてしまうような関係性を、友達とは呼ばないのかもしれない」

「うん」

「――だったら、今度こそ、俺はあいつと本当の友達になってやる」

俺が目指している虹色の青春には、あいつが必要なんだから。

頭の中を整理すると、俺の望みが自然と分かった。

何だかすっきりした。空を仰ぐと、雲一つない青空が広がっている。なぜか、しばらく空を見ていないような気がした。いつの間にか、俺はずっと俯《うつむ》いていたらしい。

「わたし、怜太くんの気持ち、ちょっと分かる気がするな」

陽花里は俺と同じように空を仰ぎながら、そんな呟きを零《こぼ》す。

「自分の醜《みにく》い部分に気づいた時、失望しちゃうんだよね、自分に。こんなわたしがここにいていいのかな……って。みんなが……夏希くんが眩《まぶ》しいから、余計にさ」

「みんな、同じことを言うんだ。みんなが眩しいから、俺も頑張《がんば》ってるだけなのに」

「その夏希くんの頑張りが、わたしたちには眩しいんだよ」

だとしたら、俺は頑張らない方がよかったのか？

俺が青春をやりなおさない方が、みんなは幸せだったのかもしれない。

「でもね」と、陽花里はそっと俺の髪《かみ》を撫《な》でた。

「夏希くんがいるから、わたしたちも頑張れるんだ。少しずつでも、自分の悪いところを変えていって……できるだけ、誇《ほこ》れるような自分に。そうやって成長した自分で、みんなと一緒にいる方がきっと楽しい。きっと——世界が色づいて見える。だから」

陽花里は笑った。

花が咲《さ》くような笑顔《えがお》だった。

「怜太くんもきっと、本当はそう思ってるんじゃないかな。後は、きっかけだよ」

「そのきっかけは、どうやって作るんだ？」
「そこはもう夏希くんの熱量でしょ？」
陽花里の意見は、あまりにも強引で単純だった。
すでに二回説得に行って失敗している。
そんなシンプルな作戦で何とかなるとは思えない。
だけど今までの説得で、俺は怜太に自分の気持ちを伝えたか？
常識的な意見ばかり提示して、説得しているつもりになっていなかったか？
……違《ちが》うだろう、灰原夏希。そんな行動に意味はない。
「怜太の本心を暴《あば》いて、俺の気持ちを伝える」
実のところ、少しだけ怖《こわ》かったんだ。
俺は怜太に嫌《きら》われてしまったんじゃないかって。
だから、俺を拒絶《きょぜつ》するあいつの心に踏み込みきれなかった。
だけど……この程度で失うようなものを、絆《きずな》とは呼ばないだろう。
俺は怜太を信じる。怜太との間に築いてきた目には見えないものを信じる。
あいつが俺を友達じゃないって言うのなら、今度こそ本当の友達になるだけだ。
覚悟を決めた俺の目を見て、陽花里は背中をばしんと叩いてきた。

「夏希くんならできるよ。そういう恥《は》ずかしいことをやらせたら一番なんだから」

「……陽花里？」

彼女にもそう思われているという事実に、ちょっとダメージがある。

「なに落ち込んでるの？　褒《ほ》めてるのに」

「そうは聞こえないから……」

陽花里は、唇《くちびる》を尖《とが》らせる俺の手を取り、自分の両手で包み込んだ。

「わたしはね、夏希くんのそういうところが好きだよ」

……陽花里は、俺のことがよく分かっている。

あまり認めたくないが、それが俺の長所なのだろう。

「いつも通り、青臭《あおくさ》く行こ？」

陽花里に相談してよかった、と思った。

その笑顔が、背中を押す言葉が、いつだって俺を勇気づけてくれる。

## ▼間章　二

『……美織《みおり》』

『……怜太《れいた》くん。こっちから連絡しても反応してくれなかったのに、急に電話してくるなんて、どういう心境の変化なの？　……心配したんだよ？　私も、みんなも』

『……美織こそ、あの投稿は、どういうつもりなんだ？』

『どういうつもりも何も、正直にすべてをみんなに伝えただけだよ』

『こんなやり方じゃ、君に悪い注目が集まるだけだ』

『分かってる。でも、それでもいい。……私は、怜太くんの自己犠牲なんかで守られたくない。私の罪は私が背負う。嘘《うそ》をつき続けたって……きっとこの先、後悔《こうかい》する』

『今すぐ消した方がいい。今ならまだ、影響は少ない。君はそもそも罪なんか背負っていない。君の悪評は、すべて僕のせいなんだ。僕が君に対して、強引《ごういん》に条件付きの恋人契約《こいびとけいやく》を迫った。君が夏希《なつき》のことを好きだと知った上で。ああいう噂が流れる危険性は最初から承知した上で黙っていた。……僕のせいなんだ。だから、その罪は僕が背負う』

『違うよ。全部、自分のせいだなんて思わないで。怜太くんと付き合うって決めたのは私の意思だ。それすらも自分のせいにするなんて……それは、私を馬鹿にしてるよ』

『……そんなつもりはない。ただ僕は、自分の恋心《こいごころ》のために、君を追い込んでしまった』

『だから、あの動画は罪滅ぼしのつもりってこと？　自分が犠牲になって、少しでも私が過ごしやすい環境《かんきょう》に戻れるようにって？　──そんなの、嫌だよ。あの時の私は、自分の恋心を制御《せいぎょ》できなくて、勝手に追い込まれただけ。怜太くんのせいじゃない』

『その原因を作ったのは、僕だという話をしているんだ……！』

『最初から勘違《かんちが》いをしてるんだよ、怜太くんは。何度も言ってる通り、私は私の意思で怜太くんと付き合った。……嬉しかったんだよ？　私のことを好きだと言ってくれて』

『……』

『今は夏希のことが好きでも、いずれ好きになれると思ったから告白を受けたんだ。それなのに、私は怜太くんを裏切った。だから謝《あやま》るべきは私なんだ。あなたを振り回してごめんなさいって。むしろ怜太くんは、浮気《うわき》した私に対して、怒っていいんだよ』

『……強情《ごうじょう》だね、美織は』

『怜太くんだって、意外と頑固《がんこ》なんだね』

『……分かった。君の選択を尊重するよ。僕はもう口を出さない』

『……ねえ怜太くん。これで、お別れのつもり？』

『さあ、どうだろうね』

『とぼけたって、夏希たちとのやり取りぐらい聞いてるよ。……明日で停学期間が終わるんでしょ？　戻ってきてよ、学校に。またみんなで一緒に、楽しく過ごそうよ』

『君の傍《そば》に僕がいたら、また僕は君を苦しめる』

『怜太くんがいなくなっちゃう方が、私にとっては苦しいよ』

『美織』

『……何？』

『短い付き合いだったけど、ありがとう。君の幸せを、心から祈《いの》っている』

『怜太くん？　ちょっと待って……！　怜太くん！』

# ▼第三章　アオハル

停学期間が明けても、怜太《れいた》は学校に来なかった。

美織《みおり》による投稿で、良くも悪くも俺たちへの注目度はさらに増している。

若干《じゃっかん》やりにくいが、仕方がない。何か起きた時、こういう視線に晒《さら》されるのは虹色の青春の副作用みたいなものだ。一周目は俺が何かをやらかしたところで「そもそも誰？」みたいな感じでしたからね……。誰だか分からないのでみんなすぐに忘れる。悲しい。

さておき、怜太を連れ戻す作戦はすでに考案している。

昼休み。

みんなを食堂に集めて、俺は昨日の夜に考案した『秘策』を発表する。

「……何これ？」

なぜか、全員きょとんとした顔をしている。

代表して尋ねてきたのは、芹香《せりか》だった。

「――果たし状だよ。そこに書いてある通り」

俺がテーブルの上に置いたのは、一通の封筒《ふうとう》だった。ドでかい文字で『果たし状』と筆ペンで書いている。字が汚《きたな》いのはご愛敬《あいきょう》。

「……」

芹香が封筒を開き、中から三つ折りにされた紙を取り出す。

「――白鳥《しらとり》怜太へ。お前に決闘《けっとう》を申《もう》し込む。ひとりで学校から南にある河川敷《かせんしき》に来い。日時は後でＲＩＮＥする。条件は、負けた方が何でも言うことを聞くこと」

俺が書いた内容を、芹香がすらすらと読み上げる。

これを長谷川《はせがわ》の妹から兄に渡《わた》してもらう。

あいつらは不良グループだから、嬉々《きき》として怜太に渡すに違いない。

俺の完璧《かんぺき》な計略に驚《おどろ》いているのか、みんなは視線を交《か》わすだけで何も言葉を発しない。

やがて口を開いたのは、美織だった。

「……馬鹿なんじゃない？」

「そうね。馬鹿すぎて何を言えばいいのか分からなくなったわ」

「夏希《なつき》、冗談《じょうだん》は程々《ほどほど》にしとけ」

「あはははっ、いつの時代なのって感じ！」

「わ、わたしは一応止めたんだけどね……流石《さすが》にこれで釣《つ》れるとは思えないし……」

全否定だった。何なら冗談だと思われている。

「大丈夫《だいじょうぶ》。私は好きだよ、夏希の発想」

なぜか芹香だけはキラキラした目で落ち込む俺を慰《なぐさ》めてくれる。

「これを怜太に渡してどうすんだ？　まさか、河川敷で殴《なぐ》り合うのか？」

「そんなヤンキー漫画《まんが》みたいな……現実的じゃなくない？　男同士、喧嘩《けんか》して分かり合うみたいな感じ？　そんな簡単に行くならここまで苦労しないと思うけど……」

「そもそも暴力事件で停学したばかりなのに、喧嘩に誘うってどうなのかしら？」

「まず、今のレイはこれを受け取っても来ない気がするけどねー」

ひどい言われようである。

うるさいな！　俺だって薄々《うすうす》分かってたよ！　そのへんの懸念は！

「で、でも！　こういう恥ずかしい作戦を成功させるのが夏希くんだから！」

陽花里《ひかり》がみんなに対して謎《なぞ》のフォローを入れている。

「私は賛成。河川敷で殴り合う。めちゃくちゃロック。めちゃくちゃ良い」

芹香はうんうんと頷《うなず》き、親指を立てている。芹香の賛成、むしろ不安だな……。

くっくっく、と堪《こら》え切れずに笑《え》みを零したのは、竜也《たつや》だった。

「……なんつーか、夏希らしいな。いいんじゃねえの、やってみようぜ。こんなアホみたいな手で怜太が釣れるなら儲《もう》けもんだ。意外と素直に来るかもしれねえしな」

なぜか竜也が急に賛成側に回ってきた。

「そうかなぁ？　レイはもうあたしたちと会わないつもりなんでしょ？　渡したところで普《ふ》通《つう》に捨てて終わりな気がするけどねー。このままじゃ無理だと思うよ」

しかし、珍しく冷静な指摘《してき》をしてくるのは詩《うた》だ。

まあ実際、その通りだよな。果たし状作戦は流石に無理があるのか？

「昨日ヤンキー漫画を読んでた時、ふと思いついたんだけどな」

「そうだと思ったよ」

美織がじとっとした目で俺を見ている。

「……怜太がこの手紙を見た時、行かざるを得ない理由を作ればいいんだよね？」

芹香が真剣《しんけん》な表情で、俺が書いた字の汚い果たし状を見つめている。

「まあ、そういうことだけど……そんなのあるか？」

「私に完璧な作戦がある。夏希、ペン貸して」

果たし状を書いた時の筆ペンを制服の胸ポケットに差していたので、芹香がひょいと奪《うば》い取ってくる。そのまま、さらさらと意外に綺麗《きれい》な字で何かを書き始めた。

「これで良し」

芹香が追記した内容を、みんなで覗き込む。

『本宮《もとみや》美織は預かった。もし逃《に》げれば、代わりに彼女をボコボコにする』

「いやいや、そんなアホな……」

と思わず突《つ》っ込みを入れてしまった。

「こんなので怜太が釣れるわけないだろ」

「言っておくが、お前の果たし状がそもそも同レベルだぞ」

そんなことないだろ！　この人質《ひとじち》作戦よりはもうちょっとマシだわ！

「ちょっと、なんで私がボコボコにされることになってるの⁉」

「美織には作戦の犠牲になってもらうことにした。ご冥福《めいふく》をお祈りします……」

文句を言う美織に、芹香は手を合わせて祈りを捧《ささ》げている。

「……これは確かに、意外と良い手かもしれないわね」

なぜか七瀬《ななせ》は、真面目な表情で考え込んでいる。

「自分が逃げたら本宮さんがボコボコにされるなんて書かれたら、これが九割九分冗談だと分かっていても……白鳥くんなら、仕方なく来てくれるような気がするわ」

七瀬の意見を受けて、俺たちは顔を見合わせる。

「それぐらい、美織ちゃんのことが好きってことだね」

陽花里はそう頷いて、美織は何とも言えない感じの苦笑いだった。

けれど、と七瀬は俺に尋ねてくる。

「仮にこの作戦で来てくれたとして、どうするつもり？　すでに二回、説得に失敗しているのでしょう？　まさか本当に殴り合うだけで、彼と分かり合えるとでも？」

「そんなの、決まってるだろ」

俺は芹香と目を合わせて、お互《たが》いに親指を立てる。

「——そのまさかだ」

男同士が分かり合うなら、夕日に染まる河原で殴り合いと相場は決まっている。

＊

果たし状を長谷川に託《たく》すと、「正気？」という顔をしていた。

正気だし、本気である。だから「この人に頼るの間違ってたかな……」みたいな表情をするのはやめてほしい。大丈夫だって！　意外と上手《うま》くいくって！　絶対！

長谷川は今日、兄に渡してくれるそうなので、日時は明日の夕方に決めた。

長谷川が果たし状を渡してくれたことを確認《かくにん》したら、怜太にＲＩＮＥしておこう。

「……どのみちＲＩＮＥするんだったら、果たし状もＲＩＮＥでよくない？」

長谷川から冷静すぎる突っ込みを入れられたが、こういうのは雰囲気が大事なのだ。

「そこは単に、夏希くんがそうやりたいってだけだからね」

陽花里が長谷川の問いかけに頷き、苦笑《くしょう》している。

「いやいや、果たし状は紙でしょ。そっちの方が絶対ロックだから」

芹香が「ね？」と俺に同意を求めてきたので、深く頷いておく。

やはり芹香だけが俺の理解者か。何でもデジタル化の風潮には反対ですよ！

「こういう人だから」

「なんか、星宮《ほしみや》さんも大変なんだね……」

俺と芹香が頷き合っている傍《かたわ》ら、なぜか陽花里と長谷川も頷き合っていた。

やることはやった。昼休みが終わる寸前になったので、みんなで教室に戻《もど》る。

後は決行日を待つのみという状況で、「つーかよぉ」と竜也が言う。

「お前、怜太にそもそも勝てるのか？　あいつは強いぞ」

「……え？」

一周目の俺ならともかく、今の俺には鍛《きた》え上げた筋肉がある。

喧嘩の経験なんかないけど、それなりにやれると思っているんだが……。

「あいつは何やっても天才だからな。喧嘩もすぐに強くなった。この辺りの不良グループのドンが長谷川の兄貴だが、怜太も同じぐらい強いって噂にはなってた」

……あの鋼みたいな筋肉の大男と、同じぐらい強い？

「……マジで？」

「大マジだ。俺も中学の時に軽く喧嘩になったことはあるが、瞬殺《しゅんさつ》された」

竜也が真顔で初耳情報を告げる。

……竜也が瞬殺された？　俺よりもガタイの良い竜也が？

「それ、最初に言ってほしいんだが……」

「すまん。なんか自信ありそうだったから……」

自信があったのは作戦内容であって、別に喧嘩の腕《うで》ではない。

「だ、大丈夫だよ！　夏希くんだって毎日ちゃんと鍛えてるんだから！」

陽花里が動揺《どうよう》している俺を、慌《あわ》てたように元気づけてくれる。

さっきまでの自信が急速に消えていったが、今更《いまさら》どうしようもない。

もう長谷川に果たし状を託してしまった。やるしかないのだ。

……別にビビってなんかないですよ？

＊

ネットで『喧嘩のコツ』と調べる悪あがきで夜を過ごし、翌日。

あまり集中できない授業を乗り越《こ》え、放課後になる。急に緊張《きんちょう》してきた。

怜太に予告している時刻は十七時半だ。さっさと向かわないと遅刻《ちこく》してしまう。

「お、お腹《なか》痛い……」

「何今更ビビってんだお前。さっさと行け」

胃の調子が悪いので腹を押《お》さえていると、竜也が容赦《ようしゃ》なく背中を押してくる。

「……夏希くん。怪我《けが》しないでね」

「……どうだろ。まあまあ無茶《むちゃ》な相談かもしれないな」

「本題は話し合いなんだから、そこはちゃんと忘れないでね？」

陽花里が念を押してくる。心配してくれるのは嬉しいけど、正直どういう流れになるかは怜太のテンション感にもよるので、行ってみないと分からない。

「程々に頑張りなさい」

「また警察沙汰《ざた》は勘弁《かんべん》だからねー」

七瀬や詩の応援《おうえん》（？）を受けたので、深呼吸して意識を切り替《か》える。

「……それじゃ、行こっか」

「ああ」と、美織の言葉に頷く。

今回、現地に向かうのは、俺、竜也、美織、芹香の四人だ。

陽花里、七瀬、詩の三人はそれぞれ部活や習い事があるので、不参加となる。

「女子はいない方がいいだろ」という竜也の提案に、俺も同意した形だ。

結局は喧嘩の誘《さそ》いだ。女子が見ていられるような事態にはならないと思う。

陽花里たちも「すぐ止めに入っちゃう気がするから」と、素直《すなお》に提案を受け入れた。

同じ女子だが、美織は人質役なのでいてもらわないといけない。それと、芹香は「絶対行く！」と言って聞かなかったので、もう勝手にしてくれ、という流れになった。

竜也は審判役兼緊急《しんぱんやくけんきんきゅう》事態への対応役だ。普通に部活があるはずだが、「今日は体調が悪いから部活は休む」といつも通りの顔で言っていた。明らかに仮病《けびょう》だが、助かる。

美織も部活があるはずだけど、「あたしが上手く言っておくから！」と詩が言う。休む言い訳は詩が作ってくれるらしい。ありがとな、人質のために休んでくれて……。

学校を出ると、すでに夕焼けが空を染めていた。

四人並んで、河川敷の方に歩く。だいたい歩いて十分ぐらいかな。

七瀬ができるだけ人気《ひとけ》のない場所を選んでくれたので、そこを採用した。

もし人に見られて警察沙汰になったら大変ですからね。

七瀬から送られてきた地図情報に従って歩くと、やがて現地に辿《たど》り着く。

木々が生い茂《しげ》る林を抜《ぬ》けた先の河川敷で、視界はだいぶ遮《さえぎ》られている。対岸も同じような状況《じょうきょう》だから、確かに人に見られる危険性は少ないと思う。強《し》いて言うなら、少し遠い橋の上からは辛《かろ》うじて見えるかな。まあ、それでも豆粒《まめつぶ》程度の大きさだろう。

むしろ穴場すぎて、怜太がここに辿り着けるか不安だ。一応、ＲＩＮＥで地図情報の共有はしておいたんだが、いまだに既読《きどく》はついていないからな……。

「……夏希。何、そのポーズ」

ここに下りるために使った階段に座っている美織が、じとっとした目で俺を見る。

「これは待ってる側の礼儀《れいぎ》だぞ」

単に河原の真ん中で、腕を組んで仁王立《におうだ》ちしているだけだ。

つまりは雰囲気の演出である。青春の質感は細部に宿るというのが俺の哲学《てつがく》だ。

「夏希なら勝てる！　ファイト！」

芹香はなぜか額にハチマキを巻いて、メガホンを持ってきている。

「……芹香。うるさいと目立つから、それを叩《たた》くのはやめろ」

真顔で突っ込むと、芹香はちょっとしょんぼりする。そりゃそうだろ！

「……そろそろだな」

竜也が腕時計《うでどけい》に目をやって、呟《つぶや》く。

つられて俺もスマホを見る。怜太に告げた集合時刻の五分前だった。

ひゅるひゅると、冷たい風が駆《か》け抜けていく。普通に寒い。

太陽は段々と沈《しず》んでいるが、もうしばらくは持ちそうだ。頼《たの》むぞ。こんなところに街灯なんてあるわけもなく、夕日が沈み切ったら普通に何も見えなくなるからな……。

なんか季節を間違《まちが》えている気がしてならないな。冬にやるイベントじゃないかも。

まあ泣き言を言っても仕方がない。準備運動をしながら体を温めていると、俺たちが降りてきた階段の方から、枯《か》れ葉《は》を踏《ふ》むような足音が聞こえてきた。

誰かなんて、聞かなくても分かっている。

木々をかき分けながら現れたのは、怜太だった。ちゃんと来てくれた。

怜太はぐるりと見回してから、ため息をつく。

「……ふざけた手紙を送ってくるのはやめてくれないか？　夏希」

「ふざけた手紙につられてくれるなんて、やっぱりお前は優《やさ》しいな、怜太」

「大方、君か芹香の発案だろう？　いや、複合かな？」

「な、何で分かる？」

「こんな馬鹿みたいな手を思いつくのは、君たちしかいないだろう」

二度目のため息をつく怜太。呆《あき》れているような雰囲気《ふんいき》だ。

「……それで、何の用だい？　まさか、本当に僕《ぼく》と殴り合おうと？」

「そのまさかだよ。言葉だけじゃお前の心には届かないみたいだからな」

俺が答えると、怜太は怪訝《けげん》そうに眉《まゆ》をひそめる。

「……僕に勝てると思っているのかい？」

その鋭《するど》い視線からは、絶対的な自信を感じる。

でも、怯《おび》えるな。ここで目を逸らせば、怜太の心に届くことはない。

「なめんなよ。こちとら毎日筋トレで鍛えてるんだぞ」

虚勢《きょせい》でも構わない。

俺はにっと笑って、拳《こぶし》をパキポキと鳴らす。

「……ルールを説明しておくぞ。顔を殴るのは駄目《だめ》だ。すぐにバレるからな。他は何でもありだが、命が危ないと思ったら俺が止めに入る。勝ち負けは俺が判断するが、負けを認める時は、『参った』と言え。……ま、そんなところだな。質問はあるか？」

竜也が淡々《たんたん》とルールを説明する。

「君が審判役《しんぱんやく》とはね、竜也」

「……仕方ねえだろ。この馬鹿がお前と殴り合うって言い出したんだから」

竜也は俺を指さしながら、肩《かた》をすくめる。

「怜太。果たし状に書いた通り、負けた方が勝った方の言うことを聞く」

「構わないよ。僕の要求はたったひとつ。――今後一切《いっさい》、僕に関わらないことだ」

冷たい言葉が、より一層周囲の空気を冷え切らせる。

これで負けるわけにはいかなくなった。そもそも負ける気はないけどな。

「いいだろう。でも俺が勝ったら――お前、今度こそ俺と、本当の友達になれ」

もし何か悩《なや》んでいたら、お互いに頼れるような……そんな友達に。

怜太は俺の言葉を聞いて、驚いたように目を瞬《まばた》かせる。

「……君らしい要求だね、夏希」

俺みたいな陰《いん》キャが、数少ない友達をそう簡単に手放すわけないだろうが！

「まさか嫌《いや》だとは言わないだろ？　……言われたら泣くからな？」

自信満々に泣き言を言う俺。なんか思ってたのと違う発言をしてしまった。

「別に、構わないよ。どうせ僕は負けないからね」

とりあえず怜太が受けてくれたので、いったんはほっとする俺。

こっちのペースに怜太を巻き込むことには成功した。

後は……俺が怜太に勝てるかどうか。それにすべてがかかっている。

「それじゃ、準備はいいか？」

五メートルほどの距離《きより》を置いて、怜太と向かい合う。

俺は漫画やアニメの見様見真似《みようみまね》で、腰《こし》を落とし、拳を構える。

対する怜太も、ゆらりと構えを取った。俺と違ってサマになっている。

視線が交錯《こうさく》する。冷《ひ》や汗《あせ》がぬるりと流れ落ちるのを感じた。何というか、隙《すき》がない。

怜太が普段《ふだん》よりも大きく見える。俺の方が背は高いはずなのに……。

「――始め」

それでも、ちゃんと戦術は考えていた。

竜也が開始の合図を告げると同時に、俺は怜太に踏み込《こ》んでいく。

怜太の方が場数を踏んでいる以上、怜太のペースに合わせたら俺は負ける。

喧嘩に限らず、何でも先手必勝なのだ。いきなりの特攻《とっこう》に、怜太も動揺しているに違いない。勢いよく怜太に肉薄《にくはく》すると、その体に向かって右の拳を突き出す。

顔は狙《ねら》わないが、容赦をするつもりはなかった。話なら、勝ってからすればいい。

怜太が左手で俺の右拳を受け止めた瞬間《しゅんかん》、左の拳を振《ふ》るう。怜太は地面を蹴《け》り、体を振るように俺の左拳をかわした。逃がさない。足を突き出す俺に対して、怜太は後方に地面を蹴り、回避《かいひ》した。……今の攻撃《こうげき》をすべてかわすのか。しかも、まだ余裕《よゆう》がある。

できるなら初手の猛攻《もうこう》で追い込みたかった。

「……動きは速いけど、やっぱり喧嘩慣れしてないね、夏希」

「うるせえ。そりゃそうだろ。普通の高校生は喧嘩なんかしたことないんだよ」

「君の言う通りだけど……それじゃ僕には勝てないよ」

怜太が踏み込んでくる。とっさに腰を低く落とし、構える。

しかし怜太は俺の予想など簡単に超《こ》えてくる。拳を振りかぶったかと思えば、一気に体を落とし、足を伸《の》ばしてくる。弧《こ》を描《えが》くような軌道《きどう》で、俺の足を刈《か》り取った。

右足を刈られ、体勢を崩《くず》す。とっさに地面に手をついて立て直そうとするが、すでに致《ち》命的《めいてき》な隙が生まれていた。いつの間にか怜太の蹴りが目の前まで迫《せま》っている。

腕をクロスさせてガードするが、そのまま吹《ふ》き飛ばされた。

「夏希⁉」

美織の悲鳴が聞こえてくる。

……いってぇ。でも大丈夫だ、そう騒《さわ》ぐなよ。

何度か地面を転がる。衝撃《しょうげき》はある程度逃《のが》したが、それでも腕が痺《しび》れている。

「まだここからだぜ、怜太」

制服が砂だらけだが、一着は替《か》えがある。ぼろぼろになったって構わない。

立ち上がる俺《おれ》に対して、怜太は目を細めた。

「今の攻防《こうぼう》で、実力に絶対的な差があるって分からなかったのかい？」

「この程度で諦《あきら》めるなら、そもそも果たし状なんか送ってねえよ！」

俺はもう一度怜太に踏み込んでいく。思い切り地面を蹴った。跳躍《ちょうやく》する。

渾身《こんしん》の飛び蹴《げ》りは、あっさりと怜太にかわされる。

着地した瞬間を狙われていたのか、怜太の拳が俺の腹に迫っていた。回避できない。

ずしん、と怜太の拳が重く腹に響《ひび》く。いてぇ。思わず顔が歪《ゆが》んでしまう。

でも、俺の拳も怜太に向けて振るっている。

しかし怜太は、軽く腕を振るうだけで、俺の拳を弾《はじ》いた。

ばしん、と上に腕を跳《は》ね上げられたせいで、俺の上体が隙だらけになる。

「しまっ……⁉」

「――遅《おそ》い」

怜太の体当たりが、俺の体を撥《は》ね飛ばした。

視界がぐるぐると回転する。体当たりの際に肘《ひじ》が入っていたのか、腹もじんじんと痛みを発していた。気づけば、黄昏《たそがれ》色の空が見える。どうやら地面に倒《たお》れているらしい。

……肉を切らせて骨を断《た》つ戦法も失敗か。これは前途多難《ぜんとたなん》だな。

「まだまだ……」

膝《ひざ》に力を入れて、立ち上がる。

怜太はそんな俺を呆れたように眺《なが》めていた。

「こんなことを何度繰《く》り返しても、意味なんかないよ」

「それを決めるのは、お前じゃなくて俺だ！」

怜太に掴《つか》みかかる。格闘《かくとう》戦が駄目なら、寝技《ねわざ》に持ち込んでやる。

——そんな俺の浅い考えを嘲笑《あざわら》うように、怜太の大外刈《おおそとが》りが俺の体勢を崩す。怜太が俺の服を引っ張り、ぐるりと回転する。勢いに逆らえず、怜太の背中に載《の》せられる。

「ごはっ……!?」

背負い投げ。視界が一回転し、背中から地面に叩きつけられた。

肺が直接揺《ゆ》さぶられたかのようだった。息が荒《あ》れる。マットならともかく、土の地面だとダメージも桁違《けたちが》いだな。それでも、まだ立てないわけじゃない。もし怜太がこのまま関《かん》節技《せつわざ》でも決めてきたら、なす術《すべ》はなかったが、あいつはまだ俺をなめている。

「まだ立つのか。今のは相当痛いだろうに」

「……効かねえよ、怜太。そんな手加減した技じゃ俺は倒れない」

図星を突かれたのか、怜太の表情が僅《わず》かに歪む。

少し考えれば当たり前の話だ。もし怜太が本気だったら、俺がまだ立てるわけがない。

いくら鍛えているとはいえ、最初の蹴りの時点で沈んでいてもおかしくない。

「そんなに怪我させたくないのか？　俺を」

さっきの背負い投げなんて、明らかに途中《とちゅう》で勢いを殺していた。

「……当たり前だろう。不良相手ならともかく、君はただの一般《いっぱん》生徒だ」

「そうやってなめた真似《まね》を続けたって、俺には勝てないぞ！」

できるならこの手は使いたくなかったが……正攻法《せいこうほう》では勝てそうもない。

俺は怜太に肉薄すると同時、ポケットに仕舞《しま》っておいた砂を握《にぎ》り込み、投げる。

「何っ……!?」

怜太がとっさに顔を腕で覆《おお》う。

顔を殴るのは駄目だが、顔に砂を投げちゃいけないとは言われてないからなァ！

意表を突かれた怜太の胴体《どうたい》に、思い切り回し蹴りを叩き込んだ。

ごん、と鈍《にぶ》い音が炸裂《さくれつ》する。

手応えはあったが、辛うじて腕でガードされてしまった。

「……そこまでして僕に勝ちたいのかい？」

「正攻法じゃ勝てないみたいだからな。ルールに違反《いはん》もしてない」

「君は友達になりたい相手に砂を投げるのか？」

「……確かに」

普通に論破されてしまった。

ええい、今は論破されている場合じゃない。強引に言葉を捻《ひね》りだす。

「……まず友達になるのが優先だ！　後のことは後で考える！」

卑怯《ひきょう》な手を使ってでも、勝つのが最優先だ。

俺は再び怜太に迫りながら、もう片方のポケットに入っていた砂を放る。

しかし怜太は砂をかわさずに、あえて俺に突っ込んできた。

「悪いけど」

「そういう手も使うと分かってるなら……それを考慮《こうりょ》に入れて戦うだけだ」

片目を閉じて、砂を顔に受けながらも、この距離なら関係がない。怜太は俺の胸倉《むなぐら》を掴み上げると、自分の足を入れて俺の足を引っ掛《か》けた。そのまま地面に倒してくる。

怜太は、俺の腹の上に膝を入れると、その体勢で俺を押さえ込んだ。

「これでチェックメイトだ。君の諦めがどんなに悪くたって、動けないなら関係ない」

至近距離で、怜太の冷たい目が俺を見下ろしている。

「……そんなに俺たちと関わりたくないのか？」

質問しながら力を込めるが、体がまったく動かない。

筋肉では俺が勝っていると思うが、力が上手く伝わらない体勢を強いられている。

「何度も言ったはずだ。僕に君たちと一緒《いっしょ》にいる資格はない、と」

「資格資格……ね。ふざけるなよ、怜太」

「何……？」

「そんなもんはどうでもいいんだ。お前自身がどうしたいのかを言えよ。もしお前が俺たちのことを嫌《きら》いになったんだとしたら……それは仕方ないから受け入れてやるよ」

だがな、と俺は押さえ込まれながらも、言葉を続ける。

「それ以外の理由で俺たちから離《はな》れようってんなら、俺は絶対に認めない。資格なんてくだらない理由ならなおさらだ。――本音を言えよ、怜太。お前はどうしたいんだ⁉」

怜太の表情が歪む。手の力が緩《ゆる》んだ隙を見逃《みのが》さなかった。

強引に体を回して怜太の体勢を崩す。

俺を押さえつけている怜太の服を掴み、無理やり外に投げ出す。

「悪あがきを……！」

ごろごろと転がり、もう一度立ち上がった。

怜太もまた、服の砂を払《はら》いながらも立ち上がる。

「――俺はお前と一緒にいたいよ、怜太」

怜太に本音を求めた以上、俺の気持ちも素直に伝える。

「お前と竜也と三人で馬鹿な話してる時が一番楽しいから。お前と一緒にいる時、すげえ居《い》心地《ごこち》がいいから。その気持ちをお前と共有できてるって、今でも信じてるから」

理由なんてわざわざ探すまでもなく、いくらでも出てくる。

怜太は何も言わずに押し黙《だま》っている。多分、嘘はつきたくないのだろう。

「なぁ、怜太。お前のアドバイスはいつも俺の支えになったよ。お前が今まで俺を支えてくれたから、お前が悩んでいる時は、俺が力になりたいと思ってる」

今がその時だと、そう思っている。

「ひとりで悩んで、勝手に罪を背負った気になって、相談もせずに離れていくなんて認められるかよ。話してくれよ、怜太。言いたいことがあるなら、ぶつけて来いよ！」

今にも溢《あふ》れ出しそうな激情に逆らわず、俺は叫《さけ》ぶ。

「……君に、僕の何が分かる！」

「分からないから、話してくれって言ってんだよ！」

吠《ほ》える怜太に殴りかかる。

俺の拳は、あっさりと受け止められる。

その体勢で、至近距離で、怜太の目を見る。睨《にら》み合う。

「俺はお前の過去をよく知らないって、今回よくわかった。だから、お前の気持ちを分かるなんて言うつもりはない。だけど、少しずつ知っていきたいとも思ってる」

「僕の過去なんて聞いて楽しい話じゃない。だから、ほとんど誰《だれ》にも話さなかった」

「そうやって、ひとりで悩み続けるのか⁉　この先もずっと‼」

体重をかけて、拳に力を籠《こ》め直す。どん、と勢いよく怜太を撥ね飛ばした。

「くっ……⁉」

怜太の動きが鈍っている。心に迷いが出ている証拠《しょうこ》だ。

「……別に、話したくないことがあるなら、それでいい。お前を知りたいってのは、ただの俺のエゴだ。隠《かく》し事《ごと》ぐらい誰でもある。俺が言いたいのは、そうじゃなくて……」

喧嘩しながら喋《しゃべ》っているから、言葉を見つけるのに時間がかかる。

でも結局のところ、本心をそのまま言語化すればいいだけだ。難しくはない。

「友達なんだから、頼《たよ》ってくれよって……そう言いたいだけだ」

「まだ……こんな僕の友達だと言い張るのか、君は」

「言っただろ。お前が俺を友達じゃないと言うなら、今度は本当の友達になるって！」

何だかだいぶ恥《は》ずかしい台詞《せりふ》を叫んでいる気がするけど、構わない。

これが俺の本当の気持ちなのだから。

「僕が……君の想像ほど綺麗な人間じゃないとしても？」

絞《しぼ》り出したかのような細い声音《こわね》に、「分かってるよ」と俺は言う。

「お前は普通の高校生だよ。ちょっと優秀《ゆうしゅう》で、気障《きざ》なだけの、普通の高校生だ。でもそれでいいだろ。一緒にいて楽しけりゃ、それで。資格とか、難しいこと考えるなよ」

あの山の中でのやり取りで、それに気づくことができた。

「戻って来いよ、怜太。みんなでもう一度、楽しい日々を過ごそう」

そう提案すると、怜太はふるふると首を横に振る。

「……今更、無理だ。何より僕は美織を諦めきれない。こんな僕が傍にいたら……きっと美織を不幸にする。美織だけじゃない。みんなも同じだ。僕がいるせいで、グループが崩《ほう》壊《かい》するかもしれない……僕がいない方がいいんだ。その方が、みんな幸せになれる」

ぶつぶつと、怜太は言い訳を連ねる。

その覇気《はき》のない様子は、怜太らしくない。

「いつまでもごちゃごちゃと……さっきから本音を言えって言ってんだろ！」

ずどん、と俺の拳が、怜太の胸に突き刺《さ》さった。

初めて俺の攻撃がまともに通った。

怜太は痛そうに胸を押さえながら、膝をつく。

「そんなの……僕だって、戻りたいに決まってるだろ！」

ようやく本音が聞こえてきた。

その本音を引きずり出すために、ここまでやった。

「僕だって、君たちと一緒にいるのは楽しいさ！　この先もずっと、みんなで一緒に過ごせたらいいって、そう思っていた！　だけど、それを崩壊させたのは僕自身だ！」

怜太はぐちゃぐちゃに顔を歪めながらも、叫ぶ。

「だから戻るわけにはいかないって、そう言ってるんだ！」

「お前が全部自分のせいだと思い込んで、だから戻れないって言ってんなら……もうそれでもいい。お前が戻ってくる理由は、俺が作る。俺がお前に勝つことによってな！」

迷いはない。俺は拳を握りしめる。

だん、と足音を鳴らして、思い切り踏み込んでいく。

「──だって俺が目指す虹色《にじいろ》の青春には、お前が必要なんだ！」

動揺する怜太の顔面に、俺の右ストレートが炸裂した。

まともに食《く》らった怜太は吹き飛び、ごろごろと地面を転がっていく。

「……あ」

俺は竜也を見る。

竜也はすごく冷たい目で俺を見ていた。

「……」

「……」

しまった……。

熱を帯びていた思考が急速に冷えていく。

「えーっと……夏希の反則負けか？」

そうなのだ。ルールで、顔を殴るのは駄目だと最初に決めている。

「何してんだ、お前？」

「いや、そのぉ……つい、勢い余って……」

こういう会話の後の右ストレートは顔面って相場は決まっているから……。

ごめんなさい。好きなラノベの影響《えいきょう》です……。様式美で人の顔を殴るな。はい。

倒れ込む怜太と、すごく微妙《びみょう》な雰囲気になる俺たち。

あの芹香ですら「何してんだ？　こいつ」という顔で俺を見ている。視線が痛い。

美織は長谷川とひそひそ話をしている。絶対俺の悪口じゃん。

……長谷川はいつの間に来ていたんだ？　まったく分からないが、何だか美織と仲良さそうに会話をしている。仲直りでもしたのか？　まあ悪いことじゃないよな。

それよりも、どうしよっか……と思っていたら、怜太が口を開く。

「竜也」

「なんだ？」

「……参った。僕の負けだ」

仰向《あおむ》けに寝転《ねころ》がったまま、怜太はそう宣言した。

「いいのか？　夏希の反則負けにもできるぞ」

「顔を殴るのは駄目ってルールだけど、殴ったら負けとは決めてないでしょ」

……それは屁理屈《へりくつ》じゃないか？

と思ったが、俺が指摘できるような立場ではない。いや本当に。

「つまり、俺の勝ちってことでいいのか？」

「……ああ。この勝負、君の勝ちだ」

「よっしゃ！　勝ったぞ！　はい、これでお前ずっと俺の友達な！」

「喜ぶな。怜太の温情で勝ちにしてもらっただけだろ」

その通りすぎる。

「なんで夏希っていっつもしまらないんだろうね」

「途中まではかっこいいんだけどなー。……あ、これ夏希には言わないでね」

芹香と美織がそんな会話をしているのが微《かす》かに聞こえてくる。

……あと美織さん、普通に聞こえてますよ。恥ずかしいのでやめてください。

「つ、疲《つか》れた……」

どさっと、地面に倒れ込む。

終わったと理解した瞬間、体が急に重くなった。

戦闘《せんとう》中はアドレナリンが出ていたが、体のあちこちが痛み出す。

「無《む》茶《ちゃ》苦《く》茶《ちゃ》だよ、君の作戦は」

怜太はゆっくりと上体を起こし、そんな俺を眺めている。

顔面に右ストレートを食らっても、大したダメージはなさそうだ。上手いこと衝撃を受け流したのだろう。やけに吹き飛んだなとは思ったんだよな……。

それに比べて、俺はもはや立てそうもない。というか痛い。痛すぎる。もう、ぜんぜん無理です。何だよ喧嘩《けんか》で解決って、これ考えたやつ馬鹿だろ……。

それにしても、この有り様じゃ、どっちが勝者なのか分からないな。

「僕が君の言葉で動揺しなかったら、どうするつもりだったんだ？」

「その時は卑怯な手その二を使うつもりだった」

「その二？　砂かけ以外にも何か考えがあったのか」

「ああ。ヤバかったら竜也にも加勢してもらう。それが俺の切り札だ」

怜太の目が点になる。

「……本気で言っているのかい？」

「もちろん。一対一で戦うなんて一言も言ってないぞ」

という屁理屈を持ち出して怜太を二人でボコボコにするつもりだった。

流石《さすが》にこの手を出したくはなかったけどね。いくら何でも絵面がひどいし。

「あんまり気は乗らねえけど、まあお前相手ならそれでも良い勝負だろ」

竜也もそう言って肩をすくめる。

「……流石に、それは僕を買いかぶりすぎだよ。君たちレベルの体格を二人同時に相手にするなんて、どうしようもない。……なるほど、どのみち僕の負けだったたか」

怜太は納得《なっとく》したように頷《うなず》く。

この理屈《りくつ》に納得しちゃうのはどうかと思うけどな。将来詐欺《さぎ》とかに騙《だま》されそう。

竜也と怜太も動けない俺の隣《となり》に座《すわ》り、俺と同じように茜色《あかねいろ》の空を仰《あお》いだ。

「……母が、再婚《さいこん》したらしいんだ」

怜太が語り始める。俺が知りたいと、頼ってほしいと、そう望んだ通りに。

「……別に、それは構わない。もう母が逃《に》げてから二年は経《た》ってる。少し前に、いきなり父に連絡《れんらく》があって、離婚届《りこんとどけ》へのサインを求められたらしい。再婚するために」

ぽつぽつとした語り口は……多分、自分の話をすることに慣れていないのだろう。

だから前提情報も欠けている。竜也から少しは聞いているけど。

「それ以来、父はまた酒に逃げるようになった。口には出さなかったけど、いつかまた家族を再建したいって思ってたんだろうね。その望みが叶《かな》わなくなったから、ショックを受けていた。……あまり出来た父じゃないけど、母が逃げてからは、地元の工事屋に就職して頑張《がんば》っていた。僕も、そんな父を支えるために家庭のことはやってきた」

分からない点もあるが、今は怜太の言葉を聞き続ける。

「ただ……母の再婚があってから、父は仕事のやる気を失ってしまった。体調不良ってことにして誤魔化《ごまか》してるけど……このままじゃクビになる。毎月の生活費すら苦しい状況なのに……自棄《やけ》になってるんだ。だから、せめて僕も、自分が使うお金ぐらいは稼《かせ》がないといけないかなって思った。バイトを探してるって言ったのは、そういう理由だ」

家庭環境《かんきょう》。金銭状況。どれも軽い気持ちでは口を挟《はさ》みづらい。怜太が今まで誰にも話さなかった理由も分かる。今日までずっと、ひとりで悩みを抱《かか》え続けていたのだろう。

「父は酒を飲むと人格が変わるタイプでね。それなのに、辛《つら》いことがあると酒に逃げようとする。できるだけ酒を飲まないようにしてたんだけど……そんな状況じゃね」

怜太はため息をついた。

「全部が全部、悪い親ってわけでもない。育ててもらった恩もある。母の再婚がショックだったのは分かるし、フォローはしていたんだけど……少し、疲れちゃってね」

……初見の印象が悪すぎるだけかもしれないが、あの親をフォローするのは確かに大変だろうな。気遣《きづか》いの鬼《おに》である怜太がこうも疲弊《ひへい》する時点で、察するものがある。

「──美織についての噂《うわさ》を知ったのは、ちょうどその時だった」

少し怜太から視線を逸《そ》らし、河川敷《かせんしき》の入口の方を見る。

二十メートルほど先、入口の階段には、美織と長谷川が並んで座っている。

俺たちの会話が聞こえるような距離にはいない。

俺の視線につられたのか、怜太も美織たちの方に目を向けながら、言葉を続ける。

「正直に言うと、ショックだったよ。分かっていたつもりなんだけどね。あの時の僕は自分でも気づいていなかったけど……わりと追い込まれていたんだと思う。美織と一緒にいる時間だけが、僕の癒《い》やしだった。美織が傍《そば》にいてくれるから、頑張れた。そう思っている時に、あの噂を知って……直感的に、たぶん本当なんだろうなって分かった」

――美織が悪いわけじゃない、と怜太は言う。

「僕が悪いんだ。僕と付き合えば、美織は追い込まれると分かっていた。その上で、半ば丸《まる》め込むみたいな形で、美織と条件付きの恋人契約《こいびとけいやく》を結んだ。人に対してこんな気持ちを抱《いだ》いたのは初めてだったから、諦めきれなかった。制御《せいぎょ》できなかったんだ……」

悔《く》やむように、自分を責めるように、怜太は語る。

「その結果、悪い予想が的中した。追い込まれたのは、美織だった」

自分の心の傷を抉《えぐ》っているかのような語り口だ。

だけど俺も竜也も口を挟まない。それを望んだのは俺たちだから。

「美織の悪評を改善するために、打てる手は打ったつもりだった。……ただ、情けないことに、僕は自分が招いた事態に焦《あせ》っていて、視野が狭《せま》くなっていた。平気なふりをしていたけど、美織に振られたダメージもあったんだと思う。……みんなのヘイトを美織から陽《よう》子《こ》に捻《ね》じ曲げる策を使って……その結果、美織がどういう気持ちになるかまで頭が回っていなかった。いつまでも家で飲んだくれるだけの父とも衝突《しょうとつ》して、家を出た。美織が行方《ゆくえ》不明だって話を聞いたのは、帰る場所も失って、途方《とほう》に暮れていた時だった」

まったく別の要因が重なって、すべてが悪い方向に進んでいく。

怜太の話は、聞いているだけでも苦しい気持ちになる。なぜもっと早く知ろうとしてやれなかったのかと、後悔《こうかい》の念が先に立つ。もっと、怜太を気に掛けるべきだった。

「捜《さが》さないといけないと思った。同時に、不思議と確信があった」

怜太は寝転がったまま、俺を見る。

「――夏希なら美織を見つけるだろうって」

なにか綺麗《きれい》なものでも見ているかのような瞳《ひとみ》だった。

「僕が美織の心配よりも自分の話ばかりしたのはきっと、その確信があったからかもしれない。矛盾《むじゅん》しているけどね。その夏希を止めて、僕が行こうとしてたんだから」

美織を捜す道中で、怜太と交《か》わした会話のことを思い出す。

「夏希を本宮のところに行かせたくなかったんだろ？」

言ったのは、竜也だ。怜太はその言葉に頷く。

「いくら取り繕《つくろ》っても、それが僕の本音だよ。行かせたら、きっと僕は一生君に勝てなくなる。それがどうしようもなくおそろしかった。美織の心配を上回るほどに」

俺はあの時、とにかく美織を助けることしか考えていなかった。

視野が狭いのは俺も同じだった。怜太がそんなことを考えているなんて、想像すらしていなかった。俺にも余裕がなかった。焦っていたんだ。本当に、怖《こわ》かったんだ。美織がいなくなってしまうなんて、想像しただけでも、体が震《ふる》えてしまうぐらいに。

「だから……夏希と話した時に、気づいてしまったんだ。僕では勝てないって」

「……どうして？」

「だって君、美織のことが好きだろう？」

俺は何も答えなかった。竜也も何も言わなかった。怜太が口元を緩めた。

「きっと、僕の気持ちをはるかに上回るぐらいに」

気づけば、空は夜に染め上げられていた。

きらきらと星々が輝《かがや》いている。雲一つない満天の星だった。

「……その後は、君たちも知っている通りさ。自分が最低な人間だと知って、失意のまま歩いていたら耕哉《こうや》に遭遇《そうぐう》して、陽子の頼みで美織を捜している耕哉と喧嘩になった」

「……そこだけ急展開すぎないか？」

「昔仲良かったとはいえ、美織の悪評を流した陽子の兄だ。しかも陽子の頼みで捜してるらしい。ろくなことじゃないだろうと思って協力を断った。その結果だよ」

「は、どうせ冷たい口調で断ったんだろ？」

竜也が面白《おもしろ》がるような調子で怜太に尋《たず》ねる。

「……そうだね。僕もむしゃくしゃしていたから」

「それがあいつの癇《かん》に障《さわ》ったんだろうな」

あるいは、いつも通りではない怜太の拒絶《きょぜつ》を見て、何か手がかりを持っていると思ったのだろう。そういう場合、あの手の連中は強硬《きょうこう》手段に出がちな印象がある（偏見《へんけん》）。

「喧嘩してお互《たが》い頭が冷えた後に事情を説明して、誤解は解けた。でも、間抜《まぬ》けなことに警察に捕《つか》まって、謝罪する羽目になった父は僕に激怒《げきど》して、家にも帰れず、学校は停学になり、こんな僕が君たちのもとに帰る資格があるとも思えず……このざまだよ」

馬鹿みたいだろ、と怜太は自嘲《じちょう》気味に語る。

確かに、少し前までの俺がその話を聞いても、信じなかったかもしれない。

でも今の俺は、本当の白鳥怜太という人間をちゃんと知っている。

「てか、結局なんであいつらと一緒にいたんだよ？」

「あれで結構優しいんだよ、みんな。見た目は怖いけどね。突然《とつぜん》現れた僕に対して、事情も聞かずに受け入れてくれるんだから……というより、勘違《かんちが》いしてたかな」

「勘違い？」

「失恋《しつれん》したんだろ？　深くは聞かねえよ……お前の傷が癒《い》えるまで、ここにいていいからなって頷かれて、泣かれた。別に間違ってもないから否定しなかったけどね」

怜太は俺の知らない誰かの声真似をしながら、当時の台詞を再現する。

竜也はそれを聞いて、噴《ふ》き出すように笑った。

「おい、それ真田《さなだ》だろ？」

「分かるかい？　彼《かれ》はいつも早とちりするからね」

同じ中学に通っていた者どうしの会話だ……。俺の知らない過去で盛り上がっている二人を見て、ちょっとだけ寂《さび》しい思いをしていると、怜太が補足を入れてくれる。

「ほら、高架下《こうかした》で会った時に一番手前にいた金髪《きんぱつ》の男だよ」

「あー、あいつか」

うっすらと思い出せる。

正直、長谷川兄の圧が強すぎて、他の面子《メンツ》の顔はあまり覚えていないけど。

「悪い奴《やつ》らじゃないんだ。ただ、僕が以前関わらなくなった理由は、僕がサッカー部を続けることを選んだから、僕に迷惑《めいわく》をかけないようにって距離を取ってくれた」

「……あんまり持ち上げすぎんなよ？　ただのアホばっかりだからな。俺はあんまり好きじゃねえよ。他人に迷惑かけてることもあるし、将来とか考えてねえだろ、あいつら」

「……意外だ。竜也って、他人の迷惑とか将来とか考えたことあるんだね」

「おう怜太。表出ろやコラ。今から第二ラウンド始めてやるよ」

怜太の言葉のナイフに対して、竜也は拳をパキポキと鳴らして立ち上がる。

「そうは言うけどお前、入学直後は絶対将来なんて考えてなかっただろ」

俺が指摘《してき》すると、竜也は少し考える素振《そぶ》りを見せてから、頷く。

「……確かに、な……」

「はは、竜也はかなり変わったよね」

春に知り合い、季節はすでに冬が訪《おとず》れている。

人は少しずつ変わっていく。それに伴《ともな》って、人間関係も。

時が過ぎる中で、変わらないものなんてない。

だったら、その変化が、俺たちにとって良いものであればいいと思う。

「……父親の件はどうするんだ？」

「そこはまだ、考えてない。まあ……一から話し合ってみるよ。僕にも父さんにも問題はあるからね。お互い、それにちゃんと向き合って、答えを出さないといけない」

怜太はむくりと体を起こしながら、真剣《しんけん》に語る。

「大丈夫《だいじょうぶ》。夏希に殴《なぐ》られて目が覚めたからね。逃げてばかりは、もうやめだ」

怜太はにっ、と笑う。

心配する俺たちを安心させるために。

怜太の笑顔《えがお》を見たのは、久しぶりだった。

「サッカー部は？　続けんのか？」

「分からない。金銭的に続けられるかどうかも分からないし……そもそも、暴力事件で停学になっちゃったからね。こんな僕《ぼく》を受け入れてくれるのかどうか……」

……何があったにせよ、サッカー部の評判に泥《どろ》を塗《ぬ》っているのは間違《まちが》いない。

仮に退部させられたとしても、反論できる立場じゃないだろう。気持ちは納得しがたいけど、理屈は分かる。怜太に何があったのかなんて、サッカー部には関係ない。

父親の件も、サッカー部の件も、俺には何もできない。

現実では、どんなに頑張っても、何でも解決できるようにはならない。

どうしようもない問題だって存在する。俺には手を出せない領域の問題が。

俺は、漫画《まんが》やアニメのヒーローみたいな存在にはなれない。

「相談には乗るよ、怜太。それに、協力してほしいことがあれば、何でも言ってくれ」

だけど、困っている友達の手助けをすることならできる。

俺は立ち上がって、地面に座っている怜太に手を差し伸べる。

「……頼らせてもらうよ、夏希」

怜太は俺の手を取って、立ち上がった。

「おい！　水切り勝負すんぞ！」

気づいたら竜也は少し遠くの川辺から俺たちを呼んでいる。

「何で急に水切りなんだよ？」

「竜也のことだから、川を見てたらやりたくなったんじゃない？」

怜太は苦笑《くしよう》して肩《かた》をすくめる。

流石に暗くなってきて、足元もよく見えない。

そろそろ帰った方がいいと思うが、竜也は川に向かって石を投げている。

川の水面をぱしゃぱしゃと跳ねる石が、辛《かろ》うじて見えた。

「おっしゃぁ！　五回だ！　次、お前らの番な」

「元気だな、竜也……」

俺は体中が痛くて、石を投げるどころじゃないよ……。

「何だぁ？　逃げるのか？」

「言うね、竜也。水切り王と呼ばれた僕をなめないでもらおうか」

ふん、と鼻を鳴らした怜太が自信満々に言う。

「その水切り王って絶対、小学生時代の呼び名だろ……」

「ごちゃごちゃ言ってないで夏希も石探せ。平べったいやつじゃねえと跳ねないぞ」

「この暗い中で、足元を探して水切りに適した石を探せと？」

あまりにもやっていることがアホすぎる。

そもそも、高校生がやるような遊びではない。

ただ……まあ、たまにはこういう日があってもいいか。

川に石を投げながら馬鹿みたいに煽《あお》り合っている二人を見て、そう思った。

なお水切り対決は怜太七回、竜也六回、俺四回で普通《ふつう》に負けた。ちくしょう！

▼間章 三

どうしても様子が気になって、例の河川敷まで来てしまった。

すると入口の階段に美織《みおり》が座っていて、なぜか隣に座らされてしまった。

気が気じゃない状況《じようきよう》で、二人の喧嘩を見る羽目になった。

「ほんと馬鹿だよね、男子って」

それはさっきまで無言だった美織の呟《つぶや》きだった。

隣を見ると、美織は複雑な表情で河川敷を見つめている。

その視線の先では、殴り合いを終えた夏希《なつき》たちが寝転がっていた。

男子三人で夜空を仰ぎながら、何かを話している。

「なんか……美織にしては意外な台詞だね」

私が反応すると、「そう？」と美織は不思議そうに小首を傾《かし》げる。

「どっちかと言えば、男子に交ざるタイプだと思ってたけど」

「あー……確かに、昔はそうだったかも」

「今は違《ちが》うんだ?」

「そりゃ、あんな馬鹿みたいなことやってる連中に付き合ってられないよ」

冷たい言葉だけど、温かさを感じる口調だった。

「……こっちは怪我《けが》しないかどうか気が気じゃなかったのに……見てよ、あれ。殴り合いしたら気が晴れたのか、なんか仲直りしちゃってるし。本当に、もう……」

真面目に心配していた私が馬鹿みたいじゃん、と美織はため息をつく。

好きになった男の子と、付き合っていた男の子の喧嘩だ。しかも名目上、自分が人質《ひとじち》に取られている。美織としては複雑だよね。てか、状況があまりにもカオスすぎる。

……美織は今、どういう気持ちでいるんだろう?

何か眩《まぶ》しいものを見るかのような横顔からは、想像すらできなかった。

寝転がっている三人の笑い声が響《ひび》く。楽しそうに、笑い合っている。暗くて表情まではよく見えないけど、怜太《れいた》くんの笑顔が戻《もど》ったのなら……本当によかったと思う。

私が願っていいようなことじゃ、ないけれど。

「……あのさ、美織」

勇気を出して、名前を呼ぶ。

美織は「……どしたの?」と、妙《みょう》に優《やさ》し気《げ》な表情で私を見た。

どうして、そんな表情ができるのか分からなかった。

悪意を持って自分を陥《おとしい》れた相手が、隣に座っているというのに。

「――ごめんなさい」

何から話すべきか迷った。

でも結局、これしか私に言えることはなかった。

何を取り繕ったところで、言い訳にしかならないのだから。

これで許されるとは思っていない。ただの自己満足じゃないかと言われたら、否定する余地もない。どんなに私が反省しても、犯《おか》した罪が消えるわけではない。

「いいよ。許す」

だというのに、美織はにこっと笑って、そう答えた。

「……どうして？　私がやったのは、そんな簡単に許せるようなことじゃない」

「……いいんだよ。だって、ちゃんと謝《あやま》ってくれたんだから。そこに心がこもっているかどうかなんて、見れば分かるし。それに、あの噂に関しては私に非があるから」

それは違う。

私は悪意を持って、事実を歪《ゆが》めた形で噂を広めた。

その後の暴言や、冷たい水をかけた行動は、言い訳の余地がない。

そんなことは当然美織も分かっているはずなのに、「いいんだよ」と、もう一度言う。

「長谷川《はせがわ》はさ、怜太くんのこと好きなんでしょ？」

「……うん」

「じゃあ中途半端《ちゅうとはんぱ》な気持ちで怜太くんを振《ふ》り回した私にムカつくのは、当然だよ」

「だとしても、やっちゃいけないことをしたから」

私がそう言うと、美織はグーで私の肩を軽く小突《こづ》いてきた。

「いたっ」

「それじゃ、これでおあいこね」

敵《かな》わないな、と思った。

こんな私のことを気遣っている。私が抱え込《こ》みすぎないように。

「……自分の罪に追い込まれるのは、私も覚えがあるからさ。もちろん反省はするべきだと思うけど……あんまり思い詰《つ》めないでよ。クラスメイトがいなくなったら嫌《いや》だし」

真に迫《せま》る美織の語り口は、それが直近の出来事だからだろう。

「うん……ありがとう」

頷いたはいいけど、美織のお願いは一部叶えられないと思う。

すでに学校には私の罪を報告している。処分は、明日には下るだろう。

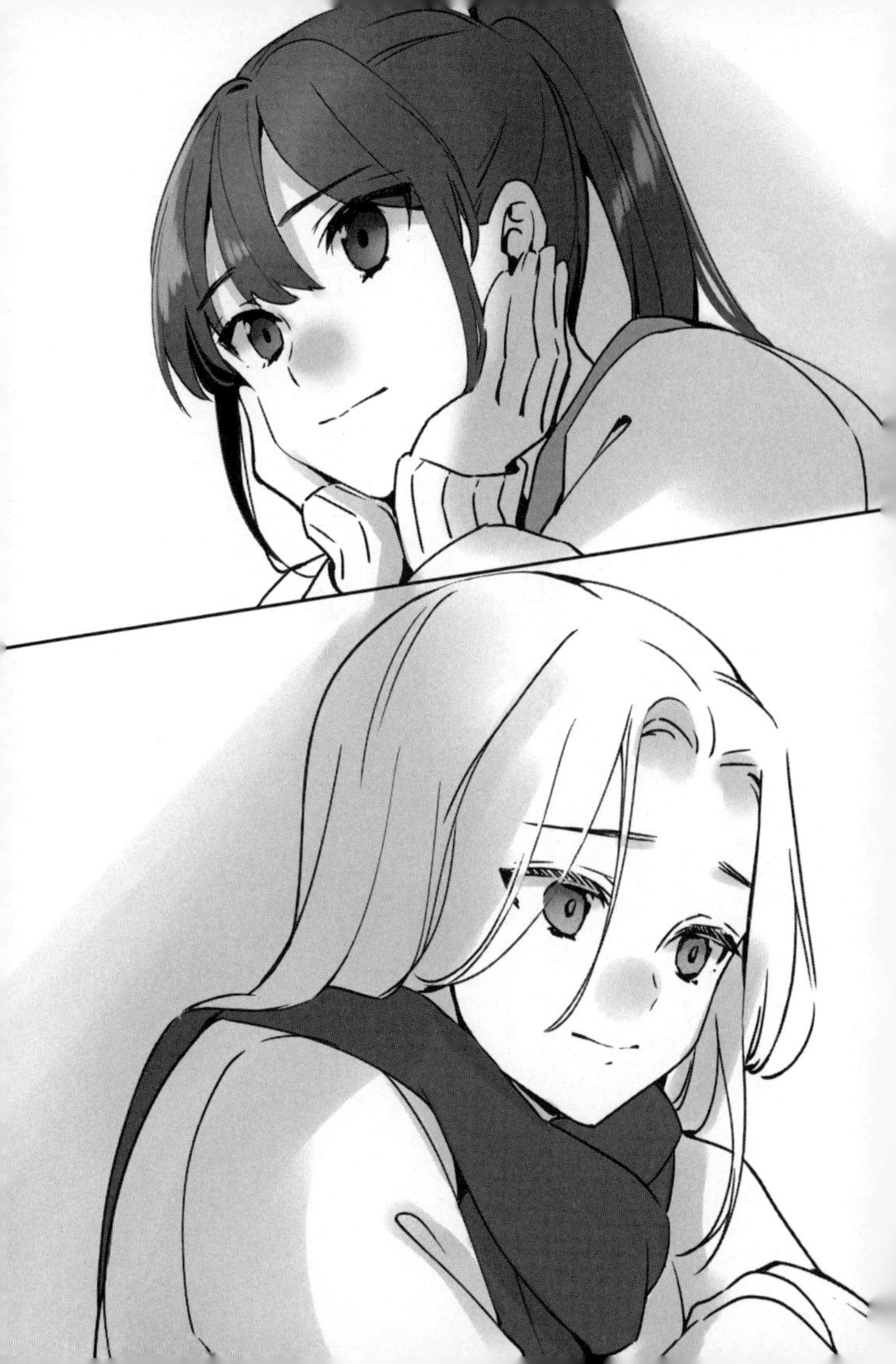

怜太くんと入れ替《か》わる形で、停学になるかもしれない。

罪の重さを考えれば、退学や警察沙汰《ざた》になるかもしれない。

でも、そのぐらいのことを……私がやったんだ。だから、それは構わない。

「話は終わった？」

階段の上から、誰かが下りてくる。

暗くて顔はよく見えないけど、その声音は本堂芹香《ほんどうせりか》だろう。

そういえば、芹香もいるっていう話は聞いていたのに、姿は見えなかった。

……もしかして私たちに気を遣《つか》って、距離《きょり》を取ってくれていたのかな。

「何してたの、芹香」

「夏希たちのバトルみてたら熱い曲思いついちゃったから構想をまとめてた」

……どうやら全然違ったらしい。相変わらず掴《つか》みどころがない。

「ま、でも……全部終わったみたいだね」

芹香は怜太くんたちに目をやって、それから私たちに視線を戻した。

『全部』がどこまでの範囲《はんい》を言っているのか、聞いても答えてくれない気がする。

……やっぱり、掴みどころがないな。

「何やってんのあれ？」

美織が目を凝《こ》らしながら呟いたのを見て、私も河川敷の方を見る。

いつの間にか起き上がっていた怜太くんたちが、川辺で何かを投げていた。

「……水切りじゃない？」

川の水面で、水飛沫《みずしぶき》が跳《は》ねているのが微かに見える。

「え、楽しそう。私も行こうかな」

「いや、交ざらなくていいから。私たちは帰るよ」

駆《か》け出そうとする芹香を引き留めた美織は、そう告げる。

「……いいの？　何も言わなくて」

「うん。ああいう時は、男子だけの方がいいでしょ」

確かに、もうシルエットぐらいしか見えないけど、笑い声は届いてくる。

三人とも、やけに楽しそうだった。思わず私も笑ってしまう。

なんで、たかが水切りをああも楽しそうにやっているのか、理解に苦しむ。

……でも、そんな怜太くんの姿を見ることができて、よかった。

この恋《こい》が報《むく》われなくても、それだけで満足できる。

「――何してんの、長谷川」

ぼうっとしている私に、後ろから声がかかる。

美織と芹香がこっちを見ていた。

まるで、私を待っているかのように。

「帰るよ！」

いつの間にか手を引かれていた。

いたずらっぽく笑う美織は、夜の中で輝く月のようだと思った。

＊

夏希たちと水切り勝負をした後、夜も深まってきたので解散した。

家までの帰り道を歩いている。逃げずに父さんと話をする。そう決めたからだ。

「怜太」

「……耕哉《こうや》か」

後ろから呼び止められて、振り返る。

耕哉は両手に缶《かん》コーヒーを持っている。その片方を投《な》げ渡《わた》してきた。

「もしかして、見ていたのか？」

「ああ。そこで少し話そう」

耕哉は少し先にある公園を指差す。

僕は大人しくついていき、耕哉と並んでベンチに腰掛《こしか》けた。

「なかなか面白い戦いだった」

耕哉は缶コーヒーのタブを開けながら、そんな感想を言う。

「どこが。技術もへったくれもなかったでしょ」

「お前があそこまで動揺《どうよう》している場面はそう見られないからな」

……否定はできない。まさか僕自身、夏希に負けるとは思っていなかった。怪我しないように手加減していたのも事実だけど、動揺している隙《すき》を突《つ》かれたのも事実だ。

「それにしても、まさか果たし状が送られてくるとはな。今時、そうそう見ないぞ」

耕哉がそうそう見ないのなら、本当に廃《すた》れている文化なんだろうな……。

「ああいう馬鹿みたいなことを本気でやる奴なんだよ、夏希は」

「その馬鹿に絆《ほだ》されているのは、どこのどいつだ？」

「……分かってる。僕の負けだよ」

覆《おお》い隠《かく》していたはずの本心が、夏希の本気に暴《あば》かれた。

こんな僕でも、もう一度みんなのところに戻りたいと思ってしまった。

その時点で、敗北は決まっていたのだろう。

「……懐《なつ》かしいな。中学時代に、耕哉と決闘《けっとう》した時のことが」

サッカー部に戻るかどうか悩《なや》んでいた頃《ころ》、いきなり耕哉に決闘を挑《いど》まれた。

「あの頃のお前はずっとウジウジしていて、見ていられなかったからな。無理やり戻してやった方が早いと思った。そもそも悩む時点で、戻りたい気持ちを隠せていない」

その迷いが、決闘中にも出た。結局それが原因で耕哉に負けた。

僕は強制的に耕哉たちのもとを追放され、サッカー部に戻らざるを得なくなった。

でも、それでよかったと思う。一度は離脱《りだつ》した以上、サッカー部に戻るのはハードルが高かったけど、それでもサッカー部のみんなと、サッカーをやりたかったから。

「……感謝してるよ、耕哉には」

奇《く》しくも、今の状況はあの時と同じだ。

夏希は耕哉より圧倒的《あっとうてき》に弱かったけど、言葉で僕を追い込んできた。

「戻るのか？」

「ああ」

主語のない耕哉の問いかけだが、意図は当然分かっている。

「……ありがとう。行き場のない僕を受け入れてくれて、助かったよ」

今日までの話だけじゃない。中学の時も。困った時は居場所になってくれた。

「仲間だろう。助け合うのは当然だ」

耕哉に背中を叩《たた》かれる。その大きな手で叩かれると普通に痛いよ。

様々な理由で行き場のない者たちを集めて、お互いに助け合う関係を作る。

そして一度仲間と認定《にんてい》した者は、そこから去っていったとしても扱《あつか》いは変わらない。

そんな耕哉の在り方に惹《ひ》かれた者が集まり、今のグループが形成されている。

ガラの悪い連中を統率《とうそつ》できているのは、良くも悪くも耕哉のカリスマ性だ。

「お前には、今の居場所が似合っている」

暗に、耕哉は言っている。僕たちは違う人種なんだと。

実際、耕哉たちのことは友達として好きだ。でも、少し違和感《いわかん》は覚える。

それは価値観だったり、性格だったり、ちょっとした言動だったり、そういった些細《ささい》なことが理由だ。そして僕がそう感じていることを、きっと耕哉は気づいている。

「ただ忘れるな。いつでも戻って来い。俺《おれ》は来る者を拒《こば》まないからな」

「……ああ。また一緒《いっしょ》に遊ぼう」

缶コーヒーを飲み干して、立ち上がる。

耕哉は僕に背中を向けて、軽く手を挙げながら歩き去っていった。

# ▼第四章　取り戻した日常

怜太《れいた》は停学期間が終わっていたので、翌日から学校に復帰した。

入れ替わるかのように長谷川《はせがわ》が停学処分となったが、一日で復帰した。何でも自分から教師に罪を告白したらしい。自首ってやつか。ちゃんと反省しているんだろうな。

たった一日だったのは、美織《みおり》からの口添《くちぞ》えがあったらしい。

正直、相変わらず美織はお人好《ひとよ》しだなって感想が先に来るけどね。もうちょっと停学させといてもいいと思います。俺は長谷川がそんなに好きじゃないので……。

そんなごたごたがあったので、元通りになってから一週間ぐらいは周囲も騒《さわ》がしかったけど、今はだいぶ落ち着いている。いまだに不穏《ふおん》な噂を流す輩《やから》もいるけど、俺たちは元から影響力《えいきょうりょく》の高いグループだ。少しずつ誤解を解く努力もしたから、表立って俺たちの悪口を言うような連中はいない。まあ、みんなの本心までは分からないけどな。

ただ、少なくともクラスメイトに関しては、怜太が戻ってきてくれて、ほっとしているように見える。怜太は元から人気者だったからな。美織が真実をＳＮＳに投稿《とうこう》してくれたおかげだ。それも当初は、みんな半信半疑だったみたいだけど、怜太は復帰後、自分の行動でみんなの信頼《しんらい》を取り戻していった。こういうのは流石の手際《てぎわ》だなって感じだ。

一方、隣のクラスでは、なぜか美織と長谷川が仲良くなり、一緒につるむようになったので、なぜかクラスの女子陣《じん》全体がまとまりつつあるらしい。本当になんでだよ。

でも、まあ……美織らしいな、と思う。

段々と、本来の美織に戻りつつあるのかもしれない。

「それじゃ、サッカー部には戻れそうなのか？」

昼休み。怜太と共に食堂からの帰り道を歩きながら、そんな話をしていた。

「何とかかね。許してくれたみんなには、本当に感謝しかないよ」

怜太の口調からは嬉《うれ》しさが滲《にじ》み出ている。やっぱりサッカーが好きなんだろうな。

「よかったな。お金の方も何とかなったのか？」

「とりあえずはね。……あの後、ちゃんと話し合ったら、仕事に復帰してくれた。なんか知らないけど、僕も恋人《こいびと》に振られてショックだったたって話をしたら、息子《むすこ》には負けてられねえとか訳の分からないことを言い出してさ。最近はなぜかやる気に満ちてるよ」

理解に苦しむよ、と怜太は苦笑する。

「ただ僕も、父に頼《たよ》るばかりじゃなくて、自分の小遣《こづか》い分ぐらいは自分で稼ごうと思ってね。バイトを始めることにしたよ。……とは言っても、せいぜい週一、二回しかシフトに入れないけど。あくまで部活を優先するつもりだから」

いろいろと思うところはあるだろうが、とりあえずは上手《うま》くやっているらしい。

「どこでバイトするんだ？」

「いろいろ探したけど、融通《ゆうずう》が利《き》くところがなかなかなくてね、最終的には耕哉《こうや》に紹介《しょうかい》してもらったカラオケ店にしたよ。ほら、春頃《はるごろ》に行ったことがあるところ」

「あー、あそこか。……というか、あそこで長谷川の兄貴も働いてるのかよ？」

「うん。よくお客さんに怖がられてるらしい」

そりゃそうなるだろうな……。大丈夫？　客足減らない？

俺の疑問を見透《みす》かしたのか、怜太は補足する。

「態度の悪い客を一瞬《いっしゅん》で大人しくさせることができるから、重宝されてるみたいだよ」

「なるほどな……」

そういう使い方もあるのか。ボディーガード的なやつね。

「連中との関係は続けるのか？」

「……ま、程々《ほどほど》にね。また縁《えん》ができたわけだし、悪い連中じゃないし。ちょっと短気な奴も多いけど、制御する自信はある。まあ部活には迷惑かけないようにするよ」

その自信に満ちた微笑《びしょう》は、怜太によく似合っていた。

「あ、夏希《なつき》くん！　怜太くん！」

教室に戻ると、陽花里《ひかり》が俺たちに気づいて手を振ってくる。

窓際《まどぎわ》の席周辺にいつもの面子が集まって、雑談をしているようだった。

「なんの話してたの？」

そう問いかけると、詩《うた》が元気いっぱいに答える。

「もうすぐ冬休みじゃんって話！」

確かに、もう十二月も中旬《ちゅうじゅん》だ。冬休みは確か二十三日からだったか。

「つーことは、期末テストもすぐなんだけどな」

「もー、タツはなんでそうやって水をさすのかな⁉」

冷静な意見を出す竜也《たつや》に、詩はじたばたと全身を使って喚《わめ》く。

詩も元気になったみたいでよかった。少し前は別人みたいに静かだったからな。

「そりゃお前の成績を心配してるからだよ」

「ちょっと成績上がったからって調子に乗っちゃってぇ～！」

何だか、いつもの日常を取り戻したって感じがする。

こんな明るい雰囲気《ふんいき》で雑談できるなんて、いつぶりだろうか。

みんなも同じ気持ちなのか、心なしかテンションが高い。楽しい。

「悪いが、もう俺とお前は同じ領域にはいねえんだ。分かるか？　アンダスタン？」

「むかっ！」

煽る竜也に詩が喚いているが、それは実際その通りなんだよな。

もう竜也って普通に学年上位だろ。

対して詩は、最下位付近こそ何とか脱《だつ》したものの、下位層をうろついている。

「実際、期末テストはもう来週よ。勉強しないといけないわね」

七瀬《ななせ》は教室後方の壁《かべ》に貼《は》り付けてあるカレンダーを眺《なが》め、憂鬱《ゆううつ》そうにしている。

「怜太は大丈夫なのか？　いろいろあってバタバタしてたけど……」

「心配しなくても予習復習ぐらいはしてるし、してなくても八十点は取れるよ」

そうだった。こいつは基本的に天才なんだった。

「夏希は……って、それこそ心配いらないか。学年首席だしね」

「どうだろ。最近わりと勉強サボってるからな……」

ぶっちゃけ筋トレとバイトとギターの練習しかしてない。

だって勉強、別に面白くないんだもん……だいたい分かるし。

「まあ、それでも一桁《けた》は取れるだろ、多分」

「あら？　一位の自信はないのね。それなら今回は私が貰《もら》おうかしら」

ふふん、と七瀬が挑発《ちょうはつ》するように言う。

「でも首席を維持《いじ》したところで、別に何も特典ないからな」

「張り合いがないわね。やる気を出しなさいよ」

七瀬が俺の胸を小突いてくる。

まあ俺に一番近いのは七瀬か。いつも二位から九位あたりで安定している。

「……てか、あたしだって最近は復習ぐらいはしてるし！」

詩が拗《す》ねたように呟く。

そういえば確かに、最近は詩が課題をやり忘れたと騒いでいるところを見ないな。

「ほんとかぁ？」

「赤点を取らないぐらいの自信はあるよ！　赤点だと部活できなくなっちゃうし」

なんやかんやで、みんな成長しているらしい。

春先は「分からないところが分からないよねっ」などとのたまっていた詩が、ちゃんと復習をするようになるなんて……おじさん、感動しちゃうよ……。

「……ところで、陽花里はなぜ黙《だま》っているのかしら？」

やけに冷たい声で七瀬が突っ込みを入れると、露骨《ろこつ》に肩を震わせる人がいた。

もちろん俺の隣《となり》で縮こまっている星宮《ほしみや》陽花里さんのことです。

「えっと、国語は……国語は自信あるよ！」

慌《あわ》てて取り繕うように答える陽花里だけど、それはそうだろ。

「小説家志望で国語に自信がなかったら困るわよ。他の教科はどうなの？」

「せ、世界史と日本史なら……後はまったく……ぜんぜん……これっぽっちも……」

「陽花里、貴女《あなた》……成績が落ちている自覚はあるの？」

「う、うう……」

完全に七瀬が陽花里のママになっている。

いつもの光景と言えば、いつもの光景だった。

まあ実際、陽花里の成績は露骨に落ちてるんだよなぁ。

……俺と付き合い始めてから。いやまあ、うん。そういうことだよね。

「灰原《はいばら》くん。この色ボケを何とかしなさい。貴方《あなた》の責務《しき》よ」

「い、色ボケってわけじゃないよ！　小説の締め切りとかも、あったし……ちょっと自信がないだけ。うん。今日から勉強するし、何とかなるよ、絶対！」

陽花里は自分に言い聞かせるように、何度も頷《うなず》く。

「最近よく思うんだけど、陽花里ってこんなにポンコツじゃなかったよね？」

「貴方がポンコツにしたのよ」

七瀬は即答《そくとう》だった。そんなに俺を責めないでくれ。

「えっ⁉　最近よく思うの⁉」と陽花里が愕然《がくぜん》としている。やべ、口が滑《すべ》った……。

怜太は何が面白いのか、腹を抱《かか》えて笑っている。

こいつ、たまによくわからないところでツボにハマってたりするんだよな。

本人は「天才だから常人とは感性が違うのかも」とか言っている。ぶっ飛ばすぞ。

それはさておき、七瀬が真剣な表情で陽花里に告げる。

「あんまり成績が下がると、お父さんが怒《おこ》り出すかもしれないわよ」

「うっ……分かってます……」

まあ、それは確かにそうかもしれないな。

そもそも陽花里は、小説家を目指す夢を認めさせる代わりに、成績をもっと上げると約束していたはずだ。現状はその約束を守るどころか、むしろ逆行している。

「じゃあ勉強会するか、陽花里」

ただ、小説というタスクだけじゃなく、俺という存在が陽花里の中に割り込んだことが原因の一部だとするなら、確かに七瀬の言う通り俺が責任を持つべきだろう。

俺が陽花里の夢を邪魔《じゃま》することだけは、あってはならないから。

「……はい。お願いします」

陽花里も状況は理解しているのか、申し訳なさそうに頭を下げてくる。

そんなわけで期末テストまでの約五日間、陽花里と勉強会をすることになった。

＊

放課後になり、陽花里と合流する。

「ちなみに、小説賞の締め切りとかは大丈夫なんだよな？」

「うん。この前送ったばかりだし、今はテストに集中しないと」

陽花里は七瀬の説教で反省したのか、今はちゃんとやる気がありそうだ。

「どこでやるか……」

図書室に行こうかと思ったけど、陽花里に教える必要があるからな。

多少うるさくしても問題のないところにするべきだろう。

「それじゃあ……喫茶店《きっさてん》行く？」

陽花里に案内された先は、夏頃《なつごろ》にも訪れた喫茶店だった。

高崎の路地裏にある、知る人ぞ知る隠れた名店って雰囲気の店である。

「いらっしゃい」

「こんにちは、マスター」

陽花里は店主と思《おぼ》しき壮年《そうねん》の男性に声をかけて、勝手に窓際の席に向かう。

もはや案内もされないレベルの常連なんだろうな。

「いつも、ここで小説を書いてるから。ここが一番集中できると思う」

ここのコーヒーは美味《うま》いから俺も気に入っている。喫茶《きっさ》マレスと並ぶかもな。

「さて、じゃあ何から始めるか」

「夏希くんも自分の勉強があるでしょ？　基本的にはそれをやっててもらって、分からないところがあったら聞くから教えてくれる？　それでいいかな？」

「あいよ」

俺は構わないのだが、陽花里としては甘《あま》えてばかりなのも申し訳ないのだろう。最低限のサポートだけ要求してくる。まあ、その方が楽なのは間違いないので、俺は頷く。

コーヒーが来るまでの間、すでに陽花里はノートを取り出している。

「……聞いてもいいか？」

「なぁに？」

「成績が落ちたのは、実際どういう原因があると思う？」

陽花里は「うっ……」と、若干《じゃっかん》恥ずかしそうに顔を背《そむ》ける。

「二学期の中間テストの時は……出したかった小説賞の締め切りと被《かぶ》ってて……」

陽花里の順位は、一学期の中間テストは四十九位、期末テストは六十七位。

全体が二百四十人であることを考えると、学年上位と呼べるレベルだった。しかし、二学期の中間テストで百五十一位と、露骨に下がっている。詩よりは少し高いぐらいだ。

「ただ、それでも勉強する時間は確保してたから……」

「……それなら、どうして？」

陽花里は相当恥ずかしいのか、頬《ほお》を紅潮させながら言う。

「その時は、夏希くんと付き合い始めた直後で……気づいたら、夏希くんのことばっかり頭に浮《う》かんで、夏希くんとのＲＩＮＥ履歴《りれき》を見ては、ベッドにスマホを放り投げて……また拾って……そんなことの繰《く》り返しで、ぜんぜん勉強に集中できなくて……」

予想通りと言えば予想通りなんだけど、目の前で言われるとだいぶ破壊力《はかいりょく》がある。

頬が熱い。確認《かくにん》するまでもなく、俺の顔も赤くなっているだろう。

「そ、そうなんですか……」

「そ、そうなんですよ……」

「……」

「……」

ええい！　俺たちはイチャイチャしに来たわけではない！

今日の趣旨《しゅし》は勉強なのだ！　まるでバカップルみたいなやり取りをするな！

「分かってる。分かってるんだ。成績を上げるどころか下がってる現状で、夢を追い続けるなんて、パパに言えない。でも、わたしは強欲《ごうよく》だから……夢も、勉強も、恋も、全部頑《がん》張《ば》りたい。全部、諦《あきら》めたくない。だから、この問題はちゃんと解決しないと……」

陽花里は深呼吸して頬の熱を覚ますと、真剣《しんけん》な顔で語る。

「……征《ただし》さんは中間テストの結果を見て、何か言ってたのか？」

「ううん。今のところは、何も。でも、二回続いたら、きっと言われると思う。仮に何も言われなかったとしても……わたし自身が、約束を守れない人にはなりたくない」

だから頑張らないと、と陽花里はもう一度繰《く》り返す。

自分に言い聞かせるように。

実際、大変ではあるのだろう。小説と勉強を両立した上で、俺との恋愛《れんあい》的なアレコレまでこなすっていうのは。そう思うと、余計な負担をかけてしまい申し訳ない……。

「なんか、すまん……」

「あ、ごめん……！　夏希くんのせいじゃないよ！　これは、舞《ま》い上がっちゃってるわたしのせい！　真剣にこんなこと言ってるのわたしぐらいだよね、あはは……」

陽花里はぱたぱたと顔を扇《あお》ぎながら弁明している。

……正直、嬉しくないと言えば嘘《うそ》になる。

陽花里がそれほどまでに、俺のことを考えてくれているのだから。

「俺も……陽花里のことばかり考えて、勉強に集中できないような時はあるよ」

「そ、そうなの？　夏希くんも？」

「ああ。それでも、成績はまだ一位だ。だから一緒に探そうか。課題を克服《こくふく》する方法を」

だけど、彼女《かのじょ》が頑張って課題に立ち向かうと言っているんだ。

ならば、そんな彼女を支えるのが彼氏《かれし》の役目だろう。

＊

とはいえ具体的な策が一瞬で見つかるはずもないので、とりあえず手を動かすことに。

俺は陽花里の様子を気に掛《か》けつつ、自分の勉強を進める。

最初のうちは集中して取り組んでいるようだったが、一時間ぐらい経過すると目に見えて集中が途切《とぎ》れてきた。ふと顔を上げた陽花里と、ばっちり目が合ってしまう。

「何か分からないところがあるのか？」

「今のところ大丈夫《だいじょうぶ》だけど、ちょっと集中切れてきちゃった……」

陽花里は両手を高く上げて、大きく伸《の》びをする。

あまり見てはいけないであろう部分が強調されて、思わず目を逸《そ》らした。

「こういう時、夏希くんはどうしてる？」

「んー、いったん休憩《きゅうけい》？　音楽聞いたり、ＲＩＮＥ見たり……あ、でも本棚《ほんだな》から漫画《まんが》を取り出すと止まらなくなるからやめたほうがいいぞ。全巻読んで朝になってる」

「あ、分かる。わたしの場合は小説だけど、気づいたら最後まで読んじゃうから」

そうだろうな。さっきまでの集中力にも目を見張るものがあった。陽花里は過集中的なところがある。興味があるものに対しては、なおさら発揮されるだろう。

そんなことを考えている俺を、なぜか陽花里がぽけーっとした顔で見つめている。

「な、何だよ？」

「んー、補充《ほじゅう》？」

「補充？　……何を？」

「夏希くん成分」

陽花里は言ってから恥ずかしくなってきたのか、自分の顔を覆う。

あのぉ……照れるなら言うのやめてもらえませんか？　こっちもダメージ食《く》らうんですけど？　だから俺たちは勉強しにきたんだって！　デートじゃないんだって！

「ご、ごめん……ちょっとぼうっとしてて」

ぼうっとしていた結果の言動だとしたら、本心ってことにならないか？

……まあいいや。深く考えないようにしておこう。ちょっと威力《いりょく》が高すぎるからな。

「よ、よし！　休憩《きゅうけい》終了《しゅうりょう》！」

陽花里は慌てたように宣言すると、再びシャーペンを握《にぎ》る。

今やっているのは数学だ。陽花里が一番苦手としている科目である。

国語はもちろん得意で、歴史系も割と得意、英語も苦手ではないようだ。

ただ数学や物理のような理系の科目がてんで駄目《だめ》。

二年生の文理選択《せんたく》で陽花里は文系に進むだろうが、それでも基礎《きそ》ぐらいはできておかないといけないよな。確か受験の時って、文系でも数学必須《ひっす》のところがあったような。

俺は理系の大学に進学したから詳《くわ》しいことは知らないが、それでもできる科目が多いに越《こ》したことはないだろう。それに、今の目標はとにかく成績を上げることだし。

「ぐぬぬぬぬ……」

陽花里が頭を抱え、険しい顔で唸《うな》っているので声をかける。

「教えようか？」

「も、もうちょっとで分かりそうなのに……！」

陽花里はやがて諦めたのか、「えっと、ここなんだけど」と、教科書を俺に見せて自分が詰まっているところを提示しようとする……が、なぜか急に言葉を止めた。

「ちょっと……そっちに行ってもいい？　隣の方が、聞きやすいし」

俺はちょっと考えた。隣の方が聞きやすい。確かに、その通りだ。勉強を教える目的で来ている以上、それが最も果たしやすい状況《じょうきょう》を作ることに異論はない。

うん、理屈《りくつ》は完全に通っている。決して陽花里が隣にいる方が嬉しいとか、そういう考えではない。だから何も問題はなかった。俺は少し横にずれて、隣をぽんと叩く。

「おいで」

……なんか俺、キモいな？

よく考えると「おいで」ってイケメンにしか許されない台詞《せりふ》だよね。調子に乗ってごめんなさい。勝手に落ち込んでいる俺の隣に、「よいしょ」と陽花里が座《すわ》ってくる。

二《に》の腕《うで》が少しだけ触《ふ》れる。その部分に、やけに意識が集中する。

……ていうか、なんか近くない？

いくら隣とはいえ、もうちょっと距離を取れるような気も……あ、相談するからか。

内心慌てている俺に対して、陽花里は悩んでいる問題をシャーペンで差す。

「二番の問題、答えを見ても、何でこうなったのか分からなくて」

「あー、これは見えない途中《とちゅう》計算があるんだよね。えっと、これが――」

『解説のくせに途中式省略』という教科書あるあるにやられていた陽花里に、一から問題を解説する。ページ数に限りがあるからって、こういうのはやめてほしいよな。

「――で、こうなるわけだ。理解できた？」

解説を終えて陽花里の顔を見ると、なぜか陽花里はノートではなく俺を見ている。

「あ……」

鼻先が触れそうなほどの距離で、ばっちりと目が合った。

いっそ造形品のように思えるほど綺麗《きれい》な顔立ちに、つい惹きこまれる。

「ご、ごめん……！　えっと、ありがとね！」

一方、陽花里は慌てたように目を逸らしながら言う。

その仕草は可愛《かわい》いけど……本当に俺の話を聞いてたのか？

「……陽花里？」

俺が生温かい視線を向けると、陽花里は「ご、ごめんなさい……」と謝ってくる。

「つい夏希くんの顔、見てました……」

陽花里は気合を入れるように、自分の頬をばしっと叩く。

「もし俺がいると集中できないなら、明日以降の勉強会はやめとくけど」

その可愛さについ頬が緩《ゆる》みそうになるけど、ここはあえて冷たく言い放つ。

すると陽花里は少し考えてから、首を横に振った。

「……多分、一緒にいてくれた方が集中できると思う」

ほんまかそれ？　と言いたくなる気持ちはあったが、陽花里は言葉を続ける。

「傍《そば》にいてくれた方が、安心できるから……」

……逆に言うと、俺が傍にいない時は不安だったと読み取れる。

自分の行動を振り返ると、あまりにも心当たりが多すぎる。

その不安から勉強に集中できなかったとするなら……俺のせいでは？

「ごめん」

「な、夏希くんのせいじゃないってば……！」

陽花里はぶんぶんと首を横に振るが、ちゃんと反省はするべきだ。

もっと彼氏として、陽花里を安心させるような立ち振る舞いをしないといけない。

「あのさ、陽花里」

「……な、何？　どうしたの？」

「ちょっと手を出して」

きょとんとした陽花里だが、俺の言う通りに手を出してくれる。

俺はその手を両手で包み込《こ》んだ。陽花里は予想外すぎたのか、硬直《こうちょく》している。

「……な、な、な、夏希くん？」

「大丈夫だから」

目を見て、言葉をはっきりと、丁寧《ていねい》に言う。陽花里に伝わるように。

「ずっと傍にいる。だから、安心してほしい」

この場で抱《だ》き締《し》めるとか、ＴＰＯ的にもそんな真似《まね》はできない。

その代わり、この手の繋《つな》がりが、俺の気持ちを陽花里に伝えてくれると信じて。

陽花里は何度か目を瞬《まばた》かせた後、くすりと笑った。

「……笑わないでくれる？」

こちとらめちゃくちゃ真剣なんですけど？

「ご、ごめん……でも、嬉しかったから」

陽花里はそっと俺の手の感触《かんしょく》を確かめるように、握り返す。

「うん……信じるよ、夏希くんのこと。その……ごめんね、面倒臭《めんどうくさ》い彼女で」

「何を言う。ちょっと面倒臭いぐらいの方が可愛いだろ」

本音で答えると、陽花里は若干《じゃっかん》ジト目になる。

「……面倒臭いのは否定しないんだね」

「うーん……それはちょっと面倒臭いかも……」

普段《ふだん》なら思っても言わないようなことをあえて言うと、陽花里は笑った。

それから繋いだ手を優《やさ》しく解いて、再びシャーペンを手に取る。

「――なんか、頑張れる気がしてきた」

気合の入った言葉の通り、陽花里は驚異的《きょういてき》な集中力を見せた。

それはこの日だけではなく、翌日も翌々日も、その次の日も同じだった。

やはり一度スイッチを入れたら、しばらく続く性格なのだろう。

結局、勉強という名のイチャイチャをしたのは初日だけで、残りは本当に一緒に勉強をしているだけだったが、まあ俺は陽花里と一緒にいられるだけで幸せですからね。

陽花里はその集中力を維持したまま、期末テストに突入《とつにゅう》する。

難易度はそこそこといったところか。俺の手応えは、ほぼ完璧。ずっと陽花里と一緒に勉強会をしていたせいか、意図せずして学力が上がってしまった。

「どうだった？」

すべてのテストが終わった後、隣席の陽花里に尋《たず》ねる。

すると陽花里は会心の笑顔《えがお》だった。

「結構できた気がする！　夏希くんのおかげだね！」

他の面子も続々と集まってくる。

暗い顔をしている人はいなくて、ほっとする。

「どうやら役目は果たせたようね」と、七瀬が俺に笑いかけてくる。

「まあ結果が出ないと分からないけどな」

「陽花里はよっぽど自信がないと、あんな顔しないわよ」

そうなのか。やはり七瀬は俺より陽花里のことがよく分かっている。

「みんなの感触はどうなんだ？」

そう尋ねると、まず自信満々に答えたのは詩だった。

「完璧だよ！　絶対に赤点じゃないはず！」

「それを完璧と表現するのは、詩しかいないだろうけどね」

ドヤ顔の詩に、怜太が肩《かた》をすくめて苦言を呈《てい》する。

「僕《ぼく》はいつも通りかな。竜也は？」

「さあな。結果が出てみないと、何とも言えねえよ」

「あっ！　タツがこうやってはぐらかすのは絶対よくできた時だ！」

「うるせえな。夏希はどうなんだ？」

露骨に話を逸らしたな……と思いつつ、俺は答える。

「まあ一位だろ、多分な」

「今回ばかりは、そうとは限らないわよ」

七瀬が不敵な笑《え》みを浮かべている。今回は相当な自信があるらしい。

「結果を楽しみにしとくよ」

そんなやり取りをして、その日は解散した。

テストの日なので午前中で終わりだけど、みんなはさっそく部活が再開するからな。

七瀬もピアノがあるからと消えていったので、俺と陽花里だけが残る。

文芸部は元からそこまで活動頻度《ひんど》の高い部活じゃないからな。テストが終わった日まで活動するってことはないのだろう。そして俺も今日はバイトの予定はないし、芹香《せりか》たちとのバンド練習は明日から再開ってことになっている。つまり今日は完全に自由の身。

「さて……じゃあ」

陽花里がきらきらした目で俺を見ている。誘《さそ》い待ちなのが露骨すぎない？

「昼飯でも食いに行くか」

「うん！」

陽花里と連れだって歩き出す。

「〜♪」

期末テストから解放された陽花里は、鼻歌を歌いながらスキップしている。

「上機嫌《じょうきげん》だな」

「そりゃ勉強から解放されたからね！」

「征さんとの約束を守るなら、継続的《けいぞくてき》に勉強はしないと駄目だぞ」

「もー、分かってるけどさ、今日ぐらいはいいじゃん」

陽花里は頬を膨《ふく》らませて文句を言ってくる。

それはそうなんだが、陽花里ほどの容姿の人間がこうも上機嫌だと目立つ。

具体的に言うと、なんか俺に対して暗い感情の視線をすごく感じる。

さっさと学校から抜《ぬ》け出した方がいいな……。

＊

陽花里と共に学校を出て、駅へと向かう。

どこで昼飯を食べるか迷った末に、駅前のマックに入ることにした。

いくら期末テストから解放されたとはいえ、豪遊《ごうゆう》できるほどの財力もない。まだ俺たちは高校生ですからね。マックで駄弁《だべ》るぐらいがちょうどいいのだ。

俺はビッグマックのセット、陽花里はベーコンレタスバーガーのセットを頼《たの》んで、二人掛けの席を確保する。店内は平日の昼間だからか、割と空いていて過ごしやすい。

「美味《おい》しいね」

ハンバーガーを笑顔で食べている陽花里を見ると、つい頬が緩む。

マックのハンバーガーは安定で美味いからな。俺も大学時代、マック、松屋、ラーメン屋、日高屋、マックで平日の昼食ローテーションを組んでいた時期もある。マックで始まりマックで終わるのだ。まあ、なんやかんやで自炊《じすい》にハマってやめたんですけどね。

「テストも終わったし、もうすぐ冬休みだねー」

陽花里の言葉に、「そうだな」と反応する。

今日が十二月二十日。冬休みに入るのは、三日後の二十三日からだ。

「……ってことは、もうすぐクリスマス、だよね」

陽花里の言葉に対して、思考が完全に真っ白になる。

その理由は、俺がそのイベントをすっかり忘れていたからだ。

「わたしは、夏希くんと一緒に過ごしたいな、なんて……」

陽花里はちらちらと俺《おれ》の方を見ながら、赤い顔で可愛らしいことを言う。

一方、俺は大事な青春イベントを忘却《ぼうきゃく》していたことにショックを受けていた。

……美織、怜太の件、陽花里との勉強会と、立て続けにイベントがあって、そっちに意識が向きすぎていた。ちょっと先のスケジュールをまったく気にしていなかった……。

『クリスマスに恋人とデート』は、青春含有度《がんゆうど》（俺定義）で言うと相当上位だ。このイベントの存在を忘れておきながら、何が虹色《にじいろ》青春計画だという話ですらある。

「夏希くん……？」

陽花里が不安そうに問いかけてきたので、慌てて反応する。

「あ、ああ！　俺も予定はないし、一緒《いっしょ》に過ごそう」

よかった、と陽花里はほっとしたように微笑する。

陽花里も楽しみにしてくれているようだし、すぐにプランを立てないと……。

「夏希くんは、どうしたいとか、ある？」

「ごめん……まだ何も考えてない」

しょんぼりしながら答えると、陽花里は「謝《あやま》らなくていいよ」と慰《なぐさ》めてくれる。

でもクリスマスのデートって具体的にどうすればいいんだ？

どうせなら普段のデートとは違《ちが》う、特別なことをしたい気持ちはある。

……つまり、それって何すればいいんだ？　普段のデートですら四苦八苦しながらプランを立てているのに、特別なことって言われましても……正直、悩《なや》ましいです。

陽花里を喜ばせたい気持ちはあるけど、俺に経験値が足りなすぎる。

「わたしも考えておくね」

その場は、クリスマスの話題はそこで終わった。

しばらく無関係の雑談をして過ごした後、マックを出る。

「軽くショッピングでもするか？」と提案したけど、陽花里が眠《ねむ》くなってしまったようなので解散にした。まあ連日の勉強漬《づ》けで疲《つか》れているだろうし、仕方ないよね。

目下の問題は、クリスマスデートのプランである。

陽花里も考えてはくれるようだが、それに頼り切りというのは、流石《さすが》に男として情けないよな。まだ四日あるとはいえ、もう四日しかない。予約とかも考えると、すでに詰《つ》んでいる気もする。クリスマスなんて真っ先に予約埋《う》まるだろうし。まあ嘆《なげ》いていても仕方ないし、今から考えるしかない。こういう時、いつもなら美織に頼っていたけど……。

「……いや、自分で考えないといけないよな」

変わらないものがある。変わっていくものがある。

その中で、変えないといけないものもある。これはきっと、そのひとつだ。

＊

冬休み前日。十二月二十二日。

テストの結果はすべて返却《へんきゃく》され、廊下《ろうか》に順位表が公開されていた。

まず最初に目に入ったのは、当然一番上の順位。

一位——灰原夏希
二位——七瀬唯乃《ゆいの》

どうやら二点差で俺が勝ったらしい。

思ったよりも危なかったな。陽花里との勉強会で学力が強化されていなかったら負けていた気がする。七瀬が珍《めずら》しく、露骨に悔《くや》しがっている。

「くっ……殺しなさい」

「そんな姫騎士《ひめきし》みたいな……」

俺が思わず反応すると、七瀬は不思議そうに「どういうこと？」と首をひねる。

ネタ以外でそんな台詞を吐《は》く人がいるとは思わなかったんだよ……。

それから下の順位にも目を通していく。なお発表されているのは上位五十人だけだ。

十二位――本宮《もとみや》美織
十五位――凪浦《なぎうら》竜也
十九位――白鳥《しらとり》怜太
二十六位――星宮陽花里
三十五位――本堂《ほんどう》芹香
四十四位――篠原《しのはら》鳴《めい》

友達の順位はこんな感じだ。

竜也はいくら何でも順位上げすぎだろ。

陽花里も前回と比較《ひかく》すると、百人ぐらい追い抜いている。

結構できたとは言っていたけど、まさかここまで上位に食い込んでいるとは。俺との勉強会だけじゃなく、家でもめちゃくちゃ勉強していたんだろうなって気がする。

「まあ、こんなところだよね」

「あっ！　わたしだ！　わたしが載《の》ってる！」

あくまで冷静に呟く怜太と、露骨に大喜びしている陽花里が対照的だ。

「十五位か……」

竜也は何とも言えない表情で頭をかいている。理想が高いな。

この場にはいないが、美織と芹香と鳴の名前もある。

美織の成績が良いのは元からだけど、芹香と鳴も上位なんだな。

バンド活動が補習で中止になる危険性は低そうで何より。山野《やまの》は知らんけど。

「みんな頭良くなっちゃった……」

唯一《ゆいいつ》順位表に載っていない詩は、複雑そうな表情をしている。

「百十一位！」

その後、担任から返却された結果通知で、ようやく詩の結果も分かった。

みんなよりは低いけど、平均よりは上だ。もちろん赤点の心配もない。

「成長したなぁ詩も」

「タツとかヒカリンに比べたら全然だけどねー」

ざわついている教室の中で、詩とそんな風に雑談をする。

全体的に浮《うわ》ついた雰囲気《ふんいき》なのは、もう明日から冬休みに入るからだろう。

「もうすぐクリスマスだね」

その言葉はおそらく、ふと零《こぼ》れ落ちただけなのだろう。

詩は一瞬《いっしゅん》だけ「しまった」って感じの表情になり、それを誤魔化《ごまか》すように笑う。

「ま、あたしたちはもちろん部活だけどね！　クリスマスぐらい休ませてよって感じ！」

その努力を無駄《むだ》にしないように、俺は詩に笑いかける。

「そりゃ大変だ。——頑張れ、応援《おうえん》してる」

詩が今、部活に熱を入れていることは知っている。

だから本心から、そう告げる。「……ありがとね」と、詩は反応した。

「ナツはどうするの？　ヒカリンとデート？」

「……ああ、その予定だよ」

嘘をつくつもりはない。正直に頷くと、詩はばしっと俺の背中を叩《たた》いてくる。

「じゃあ、ナツも頑張って！　失望されないようにね！」

「分かってるよ。ちゃんと陽花里に相談しながらプランも考えたし」

完璧とは言わないが、それなりに自信はある。

……いろんな想《おも》いを振《ふ》り切って、陽花里を幸せにすると誓《ちか》ったんだ。

だから不慣れでも、全力を尽《つ》くす。全力で、恋人《こいびと》としての責務を果たす。

俺を好きになってよかったと、そう思ってもらえるように。

＊

二十三日。冬休み初日はバンド活動だった。

俺と鳴が妙《みょう》にそわそわしていたせいか、芹香が微妙《びみょう》な顔だった。ごめんなさい。

「鳴はクリスマスどうするんだ？」

「いろいろ考えたんですけど、クリスマスって混むじゃないですか。あんまり人混みの中を歩くのは僕も彼女も好きじゃないですし、僕の家でのんびりしようかなって話です」

「あー、そういうのもいいよな」

「ですよね！　ピザとケーキを予約してあります！」

ちょっと特別感のある家デートってことだ。

家デートは周りの目を気にせず存分にイチャイチャできるのが良い。

「へー、篠原先輩《せんぱい》……どこまで行くつもりなんすか？」

意地悪そうな顔で口を挟《はさ》んできたのは山野だ。

「ど、どこまでって……別に何もするつもりはないですよ!?」

「へー、何もするつもりはないんすね……それはそれでどうなんすか？　もし相手が勇気を出して迫《せま》ってきたら？　ヘタレって思われるかもしれないっすよ？」

「そ、それは……」

鳴はその状況を想像したのか、顔を赤くして硬直してしまう。

「なーんて、冗談《じょうだん》っすけどね。それぞれのペースがあるでしょうし」

山野は流石にからかいすぎたと思ったのか、そこで矛《ほこ》を収める。

その代わり、視線が俺に向いた。

「先輩《せんぱい》はどうするつもりなんすか？　明日？　それとも明後日？」

「明日だな。明後日は、陽花里も家族と過ごすらしい」

つまり正確に言うと、クリスマスイブデートというわけだ。

「プランは？」

「いろいろ考えたけど、イルミネーションを見に行こうと思ってる」

ぐんまフラワーパークでは冬の間、イルミネーションが開催《かいさい》されている。

他にもイルミネーションをやっているところはいろいろあるけど、そこが群馬県内では一番大きいと思う。何より、俺たちの住む場所から決して遠くはない。山のふもとにあるからアクセスは悪いけど、行くだけの価値はあるだろう。俺も子供の頃《ころ》、親に連れられて行ったことがあるけど、昔の記憶《きおく》ながらとても綺麗だったことを覚えている。

「へー、いいっすね！　映《は》えそう！」

「確かに、陽花里はああいうの好きだと思う」

「でも、ちょっと遠くないっすか？　あと多分寒いっすよ？」

「寒いのは仕方ない。どこ行ったたって寒いし。嫌《いや》なら引きこもるしかない」

「まー、僕たちが家デートにしてる理由は、それもありますね」

山野たちがそんな風に言い合う。

「クリスマスぐらい遠出したっていいだろ？」

実際、提案した時の陽花里の反応もよかった。あれは嘘じゃないと思う。

ディナーの予約もしている。プレゼントの用意もある。

事前の準備はできる限り整えた。後は明日、決行するだけだ。

「楽しんできてね」

「あいよ。芹香はどうするんだ？」

「私は沙耶《さや》と練習する。いつも通りだね」

「先輩たちが恋愛に現《うつつ》を抜かしてる間も、あたしたちは上手《うま》くなるっすから！」

芹香の言葉に反応して、山野がライトシンバルを派手に叩く。

「悪いな。その代わり、二十五日はちゃんと参加するから」

「絶対っすよ？　熱い夜を過ごしたから寝坊《ねぼう》したとかは許さないっすからね？」

アホなことを言う山野にチョップを入れて黙《だま》らせる。

「そんな簡単に関係が進むかよ……」

まだ俺たちはキスもしたことないんだぞ！

そもそも陽花里には門限があるし、熱い夜を過ごす可能性はない。ないよぉ？　残念ながら。いや別に、これっぽっちも残念ではないですけどね？　強がりじゃないです。

「……てか、話変わるっすけど、全部解決したんすよね？」

山野がそう問いかけてくる。主語がないけど、美織や怜太の件だろう。

「傍《はた》から見ると、情報が錯綜《さくそう》してよく分からないうちに、いつの間にか解決してるって感じなんすよね。なんか美織先輩と長谷川先輩も仲良くなってるし」

「そこが仲良くなってる理由は俺も知らんけど、とりあえず全部解決したよ」

正確に言えば、まだ解決していないことも怜太は抱《かか》えているとは思う。

だけど、それを周りに伝える必要はないだろう。

「私は元から相性《あいしょう》は悪くないと思ってたけどね。両方遠慮《えんりょ》がないし」

芹香が美織と長谷川について言及《げんきゅう》する。

「ぶっちゃけ芹香はどう思ってんの？　あの二人」

「仲悪いよりは、仲良い方がいいでしょ」

そりゃそうだ。特に芹香はクラス内のギスギスとか面倒臭がりそうだし。

「本堂さんってまともな意見も言えるんですね」

「失礼じゃない？」

本心から呟いた様子の鳴に突《つ》っ込みを入れておく。

芹香は無言で鳴のこめかみを両拳《りようこぶし》で挟み、ぐりぐりとやり始めた。

「痛い痛い！　ギブです！」

「自業自得《じごうじとく》っすよー。芹香先輩は意外と繊細《せんさい》なんすからね？」

それは普通《ふつう》に嘘だろと思ったが、口に出すのはやめておく。あれ痛そうだし。

「はい、遊んでないで。そろそろ練習再開するよ」

芹香はぱんぱんと手を叩き、そう宣言する。

こめかみを押《お》さえて痛がっている鳴は放置である。これはひどい。

＊

そして十二月二十四日。クリスマスイブが訪《おとず》れる。

前日の夜は少し眠りが浅かった。遠足前の小学生かよって自分に突っ込みたくなるけど仕方ない。楽しみな気持ちもあれば、不安な気持ちもある。要は緊張《きんちょう》している。

普段のデートはあんまり緊張しないようになってきたんだけどな、やっぱりこういう日は違うか。失敗できないからな。なんか、お腹《なか》の調子悪いかも……。

服装は、当日になって迷わないよう事前に決めておいた。今日は外でイルミネーションを見て回る以上、防寒対策が最優先だ。オシャレ度はちょっと妥協《だきょう》する。

インナーはヒートテックで、ダウンコートにマフラーまで着込《きこ》んでいる。今はちょっと暑いが、仕方ない。持ち物も一応確認《かくにん》する。スマホ、財布《さいふ》、キーケース、モバイルバッテリー、カイロ、そしてプレゼント。よし、問題ないな。そろそろ行くか。

「あ、お兄ちゃん、デート?」

「ああ。夕飯はいらないから。母さんに伝えておいてくれ」

「頑張ってねー。星宮先輩によろしく!」

妹の応援を背に、家を出る。

……寒い。息が白い。唯一晒《ゆいいつさら》されている顔がめちゃくちゃ冷たい。今日の気温は最高六度だったかな。かなり冷《ひ》え込むようだが、天気は崩《くず》れない予報だ。

約束した時刻は一時で、お互《たが》い家で昼食は済ませている。陽花里から『そろそろ向かうね！』というチャットが送られてきた。『俺もちょうど家出た』と返信しておく。

三十分ほど電車に揺《ゆ》られ、駅の改札を出る。

すでに陽花里が俺を待っていた。わざわざ捜《さが》すまでもない。

この駅で一番を目を惹《ひ》く美少女が星宮陽花里だった。

「夏希くん！」

陽花里は俺を見て、ぱぁっと顔を輝《かがや》かせる。それから駆《か》け寄ってきた。

そんな陽花里の様子を見て散らばっていく連中もいる。声をかけるタイミングを窺《うかが》っていたら、男待ちだと気づいて解散ってところか。ちょっと早く来てよかった。

「早いな、陽花里。まだ三十分前だけど」

「楽しみだったから、パパとのランチを十五分で終わらせてきたよ！」

それは流石に征《ただし》さんが不憫《ふびん》だな……。

しかも、それがデートのためだと知っているなら、俺が恨《うら》まれそうで怖《こわ》い。

「パパのことなんか気にしなくていいよ」

「……じゃあ、行こうか」

陽花里と連れだって歩き出す。

「行きたいところがいくつかあるって言ってたよな？」

「うん！　えっとね……」

陽花里はアパレルショップの名前をいくつか挙げる。

それは事前に聞いていた通りだったので、予定通りの回り方で問題なさそうだ。

「やっぱり人、多いね」

「まあクリスマスイブだからなぁ」

右を見ても左を見てもカップルだらけ。昔の俺が見たら思わず顔をしかめるような光景だが、今は俺もこの光景を構築しているひとりだと思うと、複雑な気持ちだ。

「……手、繋ぐ？」

おそるおそるといった感じの陽花里の問いかけに頷《うなず》き、手を取る。

「夏希くん、手が冷たいね」

「手が冷たい人間は心が温かいんだよ」

「何その迷信《めいしん》みたいな話」

あはは、と笑う陽花里の手の感触を確かめ、握り込む。

人肌《ひとはだ》の体温を感じて温かい。俺の手で冷たくしてごめんな……。

昼間は駅周辺のショッピングモール等を見て回る予定だ。

イルミネーションに出発するタイミングで午後四時ぐらいを予定している。

だいたい一時間かかるから、現地に到着《とうちゃく》するのは午後五時ぐらい。

その頃には、おそらく外は真っ暗になっているだろう。

明るいうちにイルミネーションを見ても綺麗じゃないからね。

というか営業時間が、日没《にちぼつ》後から二十一時みたいな感じだったはずだ。

「あ、これ可愛い～」

「着てみたら？　……って、試着室並んでるな」

「まあクリスマスイブだし、仕方ないよね」

それにしても、流石に混んでいる。歩き回るだけで一苦労だ。

やっぱりクリスマスイブにウインドウショッピングはちょっと無理があるか？

「こういうのもさ、二人でちょっとずつ学んでいこうよ」

陽花里は俺が反省しているのを察したのか、体を寄せて笑いかけてきた。

「……それもそうだな。どっちも恋愛《れんあい》初心者だし」

少しだけ気が楽になった。そう呟くと、陽花里も頷く。

「ていうか、夜になるまでショッピングを提案したのはわたしだから、夏希くんが反省することじゃないよ。いいじゃん。プラン通りに行かなくても、楽しいなら」

「……それじゃ、カフェ行くか。ちょっと疲れたし」

「わたしも、ちょっと疲れた。残りのお店はまた今度にしよっか」

陽花里はそう言って苦笑《くしょう》する。

まあ体力のある俺がちょっと疲れたって感じるのだから、陽花里はなおさらだろう。

人混みを歩くのは、予想以上の体力を消耗《しょうもう》するんだよな……。俺は自分で練り上げたプランのことばかり考えていて、陽花里の状態をよく見ていなかったらしい。

「わたしは、夏希くんと一緒にいられるだけで楽しいよ？」

そんな俺に対して、陽花里は俺のことをよく見ている。俺を、気遣《きづか》っている。

手を握《にぎ》る力が、少しだけ強くなる。その言葉が本心だと伝わってくる。

「クリスマスイブだからって、あんまり重く考えないでよ。それだとさ、夏希くんが楽しめないでしょ？　特別なことなんかなくたって、いつも通りで、十分幸せだから」

「陽花里……」

「……なーんて、ちょっと深読みしすぎたかな？」

「いや、嬉《うれ》しいよ」

陽花里はたまに、怖くなるぐらいに人の内心を読み取る。

観察力と推理力に優《すぐ》れているのだろう。小説家を志す者の能力なのかな。

「……」

カフェも当然混雑はしていたけど、幸運なことに少し待つだけで中に入れた。

陽花里と対面の席に座《すわ》り、コーヒーを注文する。陽花里はちょっと奮発してパフェを頼んでいた。「疲れた分、補給しておかないと！」と、きらきらした顔で言っている。

「そういえばテストのこと、征さんには報告したのか？」

「うん。褒《ほ》めてはくれなかったけどね。まあいいだろうって言ってた」

陽花里はパフェを食べながら、苦笑する。征さんらしいな。

「夏希くんって、いっつも学年一位だけど、お父さんは褒めてくれるの？」

「父さんは単身赴任《ふにん》でほとんど帰ってこないからなぁ」

「あ、そっか。お母さんは？」

「母さんは最初は褒めてくれてたのに、最近はふーんって感じだな」

「えー、一位を維持《いじ》してるってすごいのに」

「俺は褒めると調子に乗るから、程々《ほどほど》にしてるらしい」

「うーん……ちょっと分かるかも」

「ちょっと分かるのかよ」

「普段は自己肯定《こうてい》感低そうなのに、褒めると謎《なぞ》にドヤ顔したりするから」

辛辣《しんらつ》すぎない？

「うう……彼女《かのじょ》にそんな暴言を吐かれるとは思わなかったよ……」

本気で落ち込んでいると、陽花里が慌《あわ》てて謝ってくる。

「ご、ごめんごめん！　言わなくてもいいことってあるよね……」

「それフォローになってないんだけど」

拗《す》ねる俺に対して、陽花里がパフェをすくってスプーンを差し出してくる。

「ほら、パフェ分けてあげるから。機嫌《きげん》直して？」

パフェで機嫌が直るとか、そんな小学生みたいな……。

「そんな手には乗らんぞ……この自己肯定感マックスの自称《じしょう》学校のアイドルめ……」

「そのネタこするのやめてよ……普通に恥《は》ずかしいんだけど……」

赤面しながらもスプーンの手を引かないので、仕方なくぱくりと食べる。

うむ。甘《あま》いけど甘すぎないパフェで美味しい。というか間接キスだけどいいのかな。

陽花里は気にしていないようで、美味しそうに食べ続けている。内心は気にしているけど悟《さと》られないようにしている可能性もあるな。……あ、ちょっとだけ耳が赤い。

ここは触《ふ》れないでおこう。本人が平気なふりをしていますからね。

「……あ。あそこにいるの、奏多《かなた》ちゃんだ」

陽花里がふと窓の外を見て呟く。

その視線の先を追いかけると、窓の向こうで藤原《ふじわら》と日野《ひの》が並んで歩いていた。

藤原が日野の腕《うで》を掴《つか》み、自分の両腕《りょううで》で抱え込んでいた。うわぁ、イチャついてる……。

「付き合ってるのは知ってたけど……す、すごいね」

陽花里はちょっと頬《ほお》を紅潮させながら、興味津々《きょうみしんしん》に眺《なが》めている。

「奏多ちゃんって、日野くんと二人きりだとあんな感じなんだ……」

「なんか意外だよな。普段はしっかり者で、クラスのまとめ役なのに」

みんなの前で、だらしない日野に説教している時すらある。

「夏希くんは知ってたの？」

「前にも見かけたことがあるから」

あれは確か、七夕まつりの時だったたか。

つまり詩と一緒に来た時だ。もう半年前なんだな。少し懐《なつ》かしい。

「……他の女のこと考えてる顔してる……」

陽花里が不満そうな表情を隠《かく》さずに、俺をじーっと眺めている。

なんで分かるの？　エスパーなの？

「……いや、前に見かけた時っていうのが、詩と七夕まつりに来た時だから……」

黙っておくのも難しいと判断して、正直に話す。

「あー、あの、わたしが本当に複雑な気持ちで見過ごしたやつね……」

「……なんだよ、複雑な気持ちって？」

「気になってる男の子と、友達が七夕まつりに二人で行くって……それは、まあ、気が気じゃないよ。その時は、あんまりこの気持ちを認めたくなかったけど」

陽花里は当時のことを思い返すように遠い目をしながら、コーヒーを口に含《ふく》む。

「夏希くん。あの時は実際、わたしより詩ちゃんの方が好きだったでしょ？」

……ぶっこみすぎじゃない？　思わずコーヒーを噴《ふ》くかと思った。

「そう……なの、かもな。まだ判断がつかなかった時だけど」

まあ今思えば、陽花里のことを好きだった俺が、詩と二人きりで七夕まつりに行くことを了承《りょうしょう》した時点で、相当心は揺れていた気がする。そんな真似《まね》をしたら、周囲が俺たちをカップル扱《あつか》いして、陽花里もそれを見ることになると分かっていたはずなのに。

「だけど、夏から秋を経《へ》て、わたしの方が好きだと感じた。だから、わたしを選んだ」

陽花里の物言いは、まるで事実をただ述べているだけのように淡々《たんたん》としていた。

実際、何も間違《まちが》っていない。俺が選んだのは星宮陽花里なのだから。

「でも夏希くんは……今更《いまさら》気づいた。自分の中に、最初からあった大きな感情に」

空気が変わっていく。恋人同士の甘い空気が、冷たく沈《しず》んでいく。

陽花里はまるで推理小説に登場する名探偵《めいたんてい》のようだった。

そして今の俺の心境は、犯罪の全貌《ぜんぼう》を暴《あば》かれている犯人に似ている。

「わたしと同じか、それ以上に……夏希くんは、美織ちゃんのことが、好き」

すでに確信を持った言葉に対して、俺が返せる言葉はなかった。

この嘘《うそ》を貫《つらぬ》き通すと決めた。だけど陽花里に対して、誠実でいたい。

ならば俺が取れる選択《せんたく》は、沈黙《ちんもく》以外になかった。

「……分かってるよ。何も言えないのは」

陽花里は、寂《さび》し気《げ》に笑った。そんな顔をさせたくはなかった。

そんな顔をさせた時点で、俺は恋人失格だった。

「ごめん……今日、そこに踏《ふ》み込《こ》むつもりはなかったんだけどね」

薄々《うすうす》気づいていた。

人の内心を読み取ることに長けている陽花里を、こうも不安にさせている時点で。

陽花里が最もよく見ているのは、自惚《うぬぼ》れじゃなければ俺だろう。

だったら、俺の本心に陽花里が気づかないと考える方が不自然だ。

それでも気づかないように振《ふ》る舞《ま》っていた。気づいてくれるなと祈《いの》っていた。

「ただ、夏希くんに知ってほしいなと思って」

「……何を？」

「わたしが、どれほど灰原夏希って人間を好きなのかってことを」

言葉の意図が分からない。目を瞬《まばた》かせる俺に対して、陽花里は微笑《びしょう》する。

「いいんだ。他に好きな女の子がいても。今の彼女は、わたしなんだから。わたしは自分から今の居場所を手放すつもりはないよ。——ここが一番、幸せだから」

強い言葉だった。

俺の本心に気づいてから、ずっと考えていたのだろう。

陽花里が示しているのは、その『答え』だ。

「だから、今は何も言わなくていいよ。ただね、宣言はしておきたかったんだ」

陽花里は対面の席から手を伸《の》ばし、俺の胸を拳でこつんと叩く。

「待ってて――夏希くんの心の中を、いずれわたしだけにしてあげるから」

……敵《かな》わないな、と思った。

そして自分の気持ちのままならなさに、情けない気持ちになる。

どれだけ理性で制御《せいぎょ》しても、感情は嘘をつけない。

だから俺が嘘をつくしかないのに、俺の嘘は暴かれる。怜太にも、陽花里にも。

それでも美織にだけは、暴かれるわけにはいかない。

「……そろそろ行こっか。外も段々暗くなってきたからね」

陽花里の呼びかけに応じて、俺たちはカフェを出る。

会計は俺が出した。陽花里は割《わ》り勘《かん》を主張していたが、今日ぐらいは恰好《かっこう》つけさせてくれないか、と俺が強引《ごういん》に説得した。すでに恰好ついてないけどね……。

夕方になり、さらに人が増えてきた駅構内を抜け、電車に乗る。

陽花里はさっきの雰囲気が嘘のように、他愛《たあい》ないことをよく喋《しゃべ》った。

俺は陽花里の笑顔《えがお》の裏に隠されている感情を見抜《みぬ》けなかった。

みんなは鋭《するど》いのに、俺だけがいつも鈍《にぶ》い。人生二周目でも本質は変わらない。

大胡《おおご》駅で降りて、ぐんまフラワーパークに行くバスに乗る。バスに乗る人は、ほとんどカップルだった。それでも、混んでいるってほどでもない。まあ、こんなに交通アクセスの悪い場所にバスで行こうとする者は少ないのだろう。俺だって車が使えるなら車で行きたいよ。運転免許《めんきょ》は持ってたからね。今は無免許《むめんきょ》だから乗れませんけど……。

「バスに乗ったの久しぶりだなー」

陽花里はずっと楽しそうだった。不便がデートの醍醐味《だいごみ》だとでも言うように。

十五分ほど揺られてから、バスを降りる。

外はすっかり真っ暗になっていた。点在する街灯だけが周囲を照らしている。

夜になったことで、より一層冷え込んでいる。駐車場《ちゆうしやじよう》はほとんど埋まっていた。やはり車で来ている者が多いらしい。「寒いな～」という声が、ちらほらと聞こえてくる。

入場チケットを購入《こうにゆう》した後、陽花里と手を繋《つな》いで園内に入る。

「わぁっ……」

目に飛び込んできたのは、煌《きら》びやかに輝く数々のイルミネーション。

陽花里は思わずといった調子で声を上げて、「早く行こっ」と俺の手を引く。

「……寒くないか？」

「寒いけど、こんなに綺麗《きれい》な景色を見られるなら、十分だよ」

「カイロあるぞ」

「じゃあ、それはもらうっ！」

陽花里は俺からカイロを奪《うば》い取り、封《ふう》を切る。

テンションの高い陽花里から目を離《はな》し、園内を見回す。

人はそれなりにいるが、園内が広いので混んでいる印象はない。

そのほとんどはカップルだが、たまに家族連れもいる。

「すっごい綺麗だね！」

見て回るルートは事前に決めている。

陽花里と手を繋ぎながら、イルミネーションの中を歩いていく。

「そうだな。……本当に、綺麗だ」

オシャレなBGMがかかっており、それに合わせて光の色が変化している。

心の奥《おく》に潜《ひそ》む昔の俺が『たかが電飾《でんしょく》だぞ？』とささやくが、今はそれを否定できる。

隣《となり》に陽花里がいてくれるから、目に見える景色がさらに輝いて見える。


——だから、美しいと感じるんだ。

「ね、夏希くん」

陽花里はとびっきりの笑顔で、繋いだ手を引く。

門型に作られたイルミネーションが連なっている道を、二人で歩いていく。

「わたし、今、とっても幸せ！」

「ああ。俺《おれ》も幸せだ」

そう言って、笑い合う。

やがて陽花里は、園内で最も高い場所で足を止めた。

「ここで写真撮《と》ろ！」

確かにここなら、園内のイルミネーションが一望できる。

「実は自撮《じど》り棒持ってきたんだ〜」と、陽花里がバッグをごそごそ漁《あさ》る。

自撮り棒にスマホを取り付けて、陽花里は俺を引き寄せる。

「ほら、笑って笑って！」

カシャリ、と音が鳴った。

色とりどりのイルミネーションを背景に、俺と陽花里は笑顔で写真に収められる。

陽花里がスマホを見せてくる。陽花里はやはり写真映りが良いな。

「おお、良い感じに撮れてるな」

「そうだね、とっても綺麗。うん……良い写真だね」

陽花里はスマホを見ながら、うんうんと頷いた。

その後も様々な形状のイルミネーションを楽しみながら、園内をゆっくり歩く。

ずっと、この時間を過ごしていたいと思う。

陽花里と共に、陽花里の傍《そば》で、幻想的《げんそうてき》な景色を見ていたい。

だけど時計の針は常に進んでいる。止まることはない。七年前に巻き戻《もど》ったのは、一度だけの奇跡《きせき》だろう。何にせよ、俺の意志で操作できるわけじゃない。

やがて再び入口に戻ってきた。

「……楽しかったね」

陽花里が繋いでいた手を離す。名残惜《なごりお》しそうに、ゆっくりと。

「それじゃ……帰ろっか？」

「陽花里」

「な、何？」

俺が名前を呼ぶだけで、陽花里は露骨《ろこつ》に動揺《どうよう》する。

「……えっと、さっきも言った通り、わたしはまだ、別れるつもりは――」

怯《おび》える陽花里を見ていられなかった。

俺は陽花里を安心させたかった。この気持ちを伝えたかった。

灰原夏希は星宮陽花里のことが好きだ。

それだけは変わらない事実だと、陽花里に知ってほしかった。

「んっ……⁉」

だから陽花里の体を引き寄せて、その唇《くちびる》を塞《ふさ》いだ。

周りの目なんて、一切《いっさい》気にしていない。俺に見えているのは陽花里だけだ。

何秒か、何十秒か、分からない。やがて俺は陽花里から唇を離した。至近距離《きょり》で陽花里の顔を見る。陽花里は泣いていた。ぽろぽろと、頬を伝って、水滴《すいてき》が零れていく。


「──君のことが好きだ」


この溢《あふ》れそうな気持ちを伝える語彙《ごい》が、結局それしか見つからなかった。

「俺は、君を幸せにすると誓った。その誓いを破るつもりはない。たとえこの先、何十年が経っても──君が俺の傍にいてくれる限り、俺は君を幸せにする」

それが今の俺に言える精一杯《せいいっぱい》の言葉だった。嘘だけはつきたくなかったから。

「ありがとう……夏希くん」

陽花里は泣きじゃくりながら、目元を手で拭《ぬぐ》い、嗚咽《おえつ》交じりに感謝を告げる。

「──わたしも、大好きだよ」

陽花里が胸に飛び込んできた。軽い体を受け止めて、背中に手を回す。

「……そんなに怯えるなら、何も聞かなきゃよかったのに」

「う……だって、推測が事実だって分かったら、急に怖くなってきて……」

「ついさっき、恰好《かっこ》いい宣言をしてた陽花里はどこに行っちゃったんだ？」

「な、夏希くんが悪いんだよ!?　なんか急に口数が少なくなるし！」

陽花里が胸元《むなもと》で喚《わめ》く。

それは確かに俺が悪いかもしれない……。いろいろ考えていたので……。

恰好いい啖呵《たんか》を切った陽花里が不安になるのも分かる。

ぽんぽんと頭を撫《な》でていると……不意に、周囲から拍手《はくしゅ》の音が聞こえた。

ぱちぱちぱち、と拍手の音が連続していく。

いつの間にか、カップルが集まって俺たちを遠巻きに見つめている。

きゃー、と黄色い声すら聞こえてくる。なんか羨望《せんぼう》の眼差《まなざ》しで見られていた。

……完全に見世物と化してしまった……。

露骨に顔が熱くなっていくのを感じる。

陽花里もようやく状況《じょうきょう》に気づいたのか、凄《すご》い勢いで俺から離れる。

「ご、ごめん……俺のせいだ」

完全にＴＰＯというものが頭からすっ飛んでいた。

陽花里の顔もゆでだこみたいに赤くなっている。俺もきっと同じだろうな。

自分の行動に後悔《こうかい》はない。でも、恥ずかしいものは恥ずかしい。青春は恥ずかしいぐらいがちょうどいいとはいえ、限度がある気もする。

「め、迷惑《めいわく》かけてごめんなさーい……」

俺と陽花里はぺこぺこと頭を下げながら、輪の中を脱出《だっしゅつ》する。

いまだに注目は集まっているが、この暗さなら少し経てば見失ってくれるだろう。

この寒い中、顔をぱたぱたと扇《あお》いでいる陽花里と苦笑し合う。

「完全に黒歴史となってしまった……」

「わたしは嬉しかったよ？　……一生、忘れないから」

陽花里に肩《かた》で体当たりされて、よろける。

「なんで俺って恰好つけてる時、最後がしまらないんだ？」

「……夏希くんらしくて、いいと思うよ？　オチ作ってるんでしょ？」

「いや意図的にオチを作ったことは一度もないよ⁉」

衝撃《しょうげき》の発言に目を見開くと、陽花里は堪《こら》え切れなかったようにお腹を抱える。

ひとしきり笑った後、陽花里はすっきりしたような顔で言った。

「……じゃあ、帰ろっか？」

「ああ。ディナーは予約してるから」

＊

高崎駅まで戻り、予《あらかじ》め予約しておいた店に入る。

一周目でも入ったことのある店だ。美味《おい》しかったのでよく覚えている。

「な、なんか、ちょっと高そうなお店だね？」

「大丈夫《だいじょうぶ》。俺が払《はら》うから」

「ほんと？　流石《さすが》、バイトマスターだね」

「その称号《しょうごう》、そんなに嬉しくないなぁ……」

高校生にはちょっとお高めのコースだが、たまには良いだろう。

バイトもしているわけだし、お金がないわけじゃない。そもそも雰囲気《ふんいき》は良いが、それほど高級店というわけじゃない。コースでせいぜい数千円ってところだ。

「わたしがデビューしたら、印税で夏希くんに奢《おご》ってあげるね」

「何年後の話になるんだろうなぁ」

「あっ、ひどい。夏希くん、わたしの実力を信じてないんだ」

そんな会話をしているうちに、前菜のサラダが到着する。

「それじゃ、いただきますか」

「うん。美味しそうだね。いただきまーす」

ちょっと緊張した様子の陽花里だったが、テーブルマナーは完璧《かんぺき》だった。親に鍛《きた》えられているのか。よく考えると社長令嬢《れいじょう》なら、もっと良い店にも慣れているだろうな。

「……夏希くん、こういうところ来たことあるの？」

「そう見えるか？」

「なんか、手慣れてるから」

「たまに親と来るぐらいだよ」

そう言って肩をすくめる。

実際、慣れているってほどは来ていない。

こういう店ってひとりで来るのはハードル高いしな。

俺はソロの猛者《もさ》だから行けるけど、そんな頻繁《ひんぱん》に通っていたらお金が持たない。

それからは、食事に集中する時間となった。

続々と到着する料理に舌鼓《したつづみ》を打つ。この店にして正解だったな。美味しい。

「はー、美味しかった」

陽花里はお腹をさすりながら、満足したように言う。

……そろそろ頃合《ころあ》いか？　心の中の美織が、俺に行けと言っている。

「陽花里、これクリスマスプレゼント」

バッグから取り出した包みを、陽花里に渡《わた》す。

「えっ？　ありがとう……用意してくれたんだ。開けてもいい？」

「もちろん」

陽花里が包みを開けると、中に入っているのはネックレスだ。

「わぁっ……」

シルバーのチェーンが輪っかを作り、中央でダイヤモンドが輝きを放っている。

シンプルな造形だが、陽花里にはその方が似合うと思った。それに、陽花里は可愛《かわい》いものよりも綺麗なものを好む。だからきっと、このネックレスを気に入ると思った。

……とはいえ、それは俺の予測であって、陽花里の気持ちは分からない。

「ありがとう。大切にするね！」

「気に入ったか？　気に入らないなら、無理しなくても……」

「夏希くんが選んでくれたものが、わたしの好きなものだから！」

陽花里はそう言い切ってくれる。ほっとした。今回は美織にも頼《たよ》っていないから完全に自分のセンスで選んでいる。でも自分のセンスほど信用ならないものはないからな。

「つけてもいい？」

陽花里がそう尋《たず》ねてきたので、「ああ」と頷く。

俺も自分が選んだネックレスを陽花里がつけているところを見たい。これでも店頭で店員さんに引かれるぐらい悩《なや》んだ末に見つけた代物《しろもの》なので、だいぶ思い入れがある。

「どう、かな？」

「よく似合ってるよ」

陽花里は「えへへ……」と、照れたように笑う。

「でも、これ……絶対高いよね？」

「値段はもう忘れちゃった」

「そうやって露骨な嘘ついて……でも、ありがとね。大切にするから」

本当は二か月分のバイト代が吹《ふ》っ飛んでいる。別に、高いものを選ぼうとしたつもりはない。一番陽花里に似合うと思ったものの値段が諭吉《ゆきち》五枚分だっただけだ。
そんなものでこの笑顔が見られるのなら、安いものだと思った。

# ▼終章　年末年始

その後の冬休みは、バンド練習とバイトに費《つい》やした。
陽花里《ひかり》とも電話はしていたが、なかなか都合が合わずに会えない状況。
二十九日以降は、流石にバンド練習も休みになったので、家族と過ごすことに。
三十日に家の大掃除《おおそうじ》を終えると、三十一日に祖母の家へと向かう。
うちの家系では、年末年始とお盆《ぼん》だけは祖母の家に集まる習慣がある。
近縁《きんえん》の親戚《しんせき》が祖母の家に集まり、夜になったら宴会《えんかい》を開く。
酔《よ》った叔父《おじ》に酒を勧《すす》められたが、もちろん断った。酒の味を思い出すのはよくない。
こたつに体を埋《うず》めながら、紅白歌合戦を眺め、みかんを食べる。
家族で新年を迎《むか》えてから、スマホを見ると「あけおめ」ＲＩＮＥが飛び交《か》っていた。
俺もいつもの面子《メンツ》に「ことよろ～」と返信してから、布団《ふとん》に入る。
気づいたら時計の針が正午を差していた。昼間まで惰眠《だみん》を貪《むさぼ》っていたらしい。
居間では、祖母や父さんがニューイヤー駅伝を眺めていた。

「お兄ちゃんがこんなに寝《ね》てるなんて珍《めずら》しいね」

波香《なみか》がお雑煮《ぞうに》を食べながら言う。

「年末年始だけは怠惰《たいだ》に過ごしても許される雰囲気あるだろ」

「何それ、おもしろ」

「てか、母さんたちは？」

「初日の出を見に行ってから、そのまま初詣《はつもう》でに行ってると思うけど」

「……なんでお前は行ってないの？」

「え？　だって寒いし。外出るのめんどいし」

妹はそんなことを言いながら、こたつでぬくぬくしている。

母さんはこいつを甘やかしすぎだろ。

昼まで寝ていた俺が言えることじゃないですけど。

「夏希《なつき》。お昼ご飯食べるかい？」

こたつで駅伝を見ていた祖母が、そう提案してくれる。

「いいの？　手伝うよ」

「優《やさ》しい子になったねえ。でも、座ってなさい。おばあちゃんは暇《ひま》だから大丈夫」

「あっ！　おばあちゃん、あたしも食べる！」

優しい祖母と、遠慮《えんりょ》のない妹。

うーむ、この光景だけは七年後と変わらないな……。

＊

一月五日。

のんびり過ごした年末年始は終わり、再び学校が始まった。

心なしか、学校に向かう生徒たちにもだらけた空気が漂《ただよ》っている。

一年二組の教室に入ると、すぐに声をかけられた。

「あけましておめでとう！　夏希くん！」

陽花里が元気に新年の挨拶《あいさつ》をしてくる。

「おー、あけおめ。なんか久しぶりって感じがするなぁ」

「何だかんだ一週間ぐらいは会ってないからね。今年もよろしく」

俺の言葉に、怜太《れいた》が反応してくれる。

「くあぁ……」

「やけに眠《ねむ》そうだな、竜也《たつや》」

「年末年始で生活リズムが狂《くる》っちまったよ」

　ぼりぼりと頭をかきながら竜也は言う。

「あたしも寝不足《ねぶそく》だよ〜。昨日慌てて課題片付けたから」

　詩《うた》も気怠《けだる》そうな様子で、机に突《つ》っ伏《ぷ》していた。

「冬休みって思ったより短いからな。早めに課題やっとかないと」

「ナツは優等生だなぁー」

　冬休み明けのだらついた雰囲気に包まれた教室。

　なぜかぼうっと窓の外を眺めている七瀬《ななせ》が目についた。

　艶《つや》のある長い黒髪《くろかみ》が、緩《ゆる》やかに吹いた風に靡《なび》く。

　……どうかしたのかな？

「ね、ね。夏希くん」

　隣席の陽花里から袖《そで》を引っ張られる。

　陽花里は俺と同じく七瀬の方を見ながら、ささやくように言う。

「唯乃《ゆいの》ちゃんがピアノのコンクールに出場するんだって」

「……そうなんだ」

　最近、ピアノに力を入れているって話は七瀬から聞いていた。

「チケットもらったから、一緒《いっしょ》に見に行かない？」

「まったくピアノの知識ないけど、それでよければ……」

「それでも大丈夫。わたしは何度も傍で聞いてるけど、すごいんだよ唯乃ちゃん」

陽花里は七瀬を羨望の眼差しで見つめながら、告げる。

「だって唯乃ちゃんは昔、『神童』って呼ばれてたこともあるんだから」

季節は廻《めぐ》り、灰色と化した冬は色彩《しきさい》を取り戻した。

青春二周目の一年目が、終わりへと差し掛《か》かろうとしていた。

# あとがき

青春という言葉を聞いて最初に思い出したのは、甘酸っぱい恋模様よりも先に、友達とバカみたいなことで笑い合った日々でした。そういう青春の在り方をライトノベルで描きたいと思ったことが、この物語を作ったきっかけのひとつでした。

というわけで、お久しぶりです。雨宮和希《あまみやかずき》です。

今回は白鳥怜太《しらとりれいた》の物語でした。前回に引き続き重苦しい展開の前半でしたが、中盤以降は打って変わって楽しい展開をお届けできたんじゃないかなと思っております。

前巻のあとがきを覚えている方がいるかは分かりませんが、当時は将来について悩んでいる近況を書かせていただきました。作家業とはまったく関係のない本業を持ち、兼業作家として過ごしているが、とにかく時間が足りない——といったような内容です。

結果からご報告いたしますと、こうして7巻のあとがきを書いている現在は本業として いた会社を退職し、専業小説家・シナリオライターとなりました。そのおかげで、当時よりは少しだけ日々にゆとりができて、インプットの時間も取れております。

本業の退職に踏み切ったきっかけとしては、例年以上の繁忙期が訪れ、ほとんど執筆することができなかったことが挙げられます。目が回るような忙しさに見舞われ、小説に手がつかない日々の中で、自分が最もやりたいことを見つめ直しました。

これまで専業化に踏み切らなかった理由は、小説やゲームのシナリオだけで生活を安定させる自信がなかったからです。ただ、それも約七年間作家業を続けてきたことで、自分の実力にもある程度自信が持てるようになり、徐々に実績や人脈も増え、いろいろな方にお仕事のご依頼をいただけるようになってきました。その過程で「本当はやりたいのに兼業ではスケジュールが取れない」という理由で断ってきた仕事も多くあります。

ふと気づきました。いつの間にか、生活を安定させることが最優先になってしまっていることに。作家業だけで生きていくことは難しいと、この七年間でいろいろな人から言われました。それは事実だと思います。実際、私もデビュー後の数年間は、作家業だけで生活できるような収入ではありませんでした。それから、さらに数年が経って、ある程度の収入を見込めるようになっても、いつの間にか私は現実ばかりを見ていました。

安定ばかりを気にして夢を見ない人生に、果たして価値はあるのか？

そんな疑問を抱き、結果として、今を後悔しないように生きようと思いました。

灰原夏希《はいばらなつき》のように、後悔している過去には戻れないですから。

もちろん不安はありますが、今はワクワクする気持ちが大きいです。

専業になったことで、今までよりもはるかに物語を作る時間が増えました。

おかげさまで今、いろいろなものを仕込んでいます。それらが世に出る時はXアカウント等で宣伝しますので、興味を持ってお待ちいただけますと嬉しいです。


謝辞に移ります。担当のNさん、今回も〆切という概念を失ったかのような進行、毎度毎度申し訳ございません……。また、イラストを担当してくださっている吟《ぎん》さん、今回も素晴らしいイラストをありがとうございます。デート中の陽花里《ひかり》、可愛すぎる。


そして本書に関わってくださったすべての方に、多大な感謝を。

この作品が少しでも貴方の心に響いたのなら、作者冥利でございます。

それでは、今回はこのあたりで。

また次巻や別のシリーズでお会いできることを楽しみにしています。


うお～、面白い物語、たくさん作るぞ～！

# 次回予告

美織に続き怜太との関係も
修復できた夏希。
仲良しグループにも
ようやく安寧が訪れる中、
夏希は陽花里に誘われ唯乃の
ピアノの演奏会へと赴く。
が、そこで唯乃の
思わぬ一面に触れることに——。

haibarakun no tsuyokute
seisyun newgame

HJ文庫 https://firecross.jp/
1169

# 灰原くんの強くて青春ニューゲーム 7

2024年6月1日　初版発行

著者――雨宮和希

発行者―松下大介
発行所―株式会社ホビージャパン

〒151-0053
東京都渋谷区代々木2-15-8
電話　03(5304)7604（編集）
　　　03(5304)9112（営業）

印刷所――大日本印刷株式会社

装丁――coil／株式会社エストール



Printed in Japan

ISBN978-4-7986-3552-1　C0193

# まきなさん、遊びましょう 1

著者／田花七夕
イラスト／daichi

## 怪異研究会の部室には美しい怨霊が棲んでいる

平凡な高校生・諒介が学校の怪異研究会で出会った美しい先輩の正体は、「まきなさん」と呼ばれる怨霊だった。「まきなさん」と関わるようになった諒介は、怪異が巻き起こす事件の調査へと乗り出すことになっていく——妖しくも美しい怨霊と共に怪異を暴く青春オカルトミステリー